怪談喫茶ニライカナイ

蝶化身が還る場所

蒼月海里

PHP
文芸文庫

○本表紙デザイン＋ロゴ＝川上成夫

怪談喫茶ニライカナイ

蝶化身が還る場所

HAUNTED CAFE NIRAIKANAI

【目次】

『怪談喫茶ニライカナイ』目次

目次・章扉デザイン――太田規介（BALCOLONY.）

静謐《せいひつ》な空間に、ピシッと亀裂が入るような音がした。

身投げをしたホタルイカのような儚《はかな》い光が、店内をぽつぽつと照らしている。

珊瑚《さんご》や貝殻をあしらった海を彷彿《ほうふつ》とさせる店内には、カウンター席があった。

その向こうに、アサギマダラが描かれた着物をまとった、美しい店主が佇《たたず》んでいる。彼は憂《うれ》いが窺《うかが》える眼差《まなざ》しで、音がした方を見やった。

すると、壁に小さな罅《ひび》が入っていた。

「籠《かご》が、壊れようとしている……」

どうせ古い籠だ。いつかは壊れるだろうと思っていた。

しかし、その予兆が、今、訪れるとは。

だが、本格的に籠が壊れ、外に出られるようになるのはいつだろう。明日にも出られるかもしれないし、百年後まで待たされるかもしれなかった。

「でも、今壊れてしまったら……」

店主は知っていた。

籠の上には多くの命が宿っていること。そして、籠が壊れたら彼らも無事では済まないことを。

第七話

綿津岬《わたつみさき》の裏側へ

うっすらと青い翅《はね》が、頭にこびりついて離れない。

翅を縁取《ふちど》る美しい模様が、瞼《まぶた》を閉じると鮮明に浮かび上がる。

自分はもう、アサギマダラの着物をまとうあの青年に、魅《み》せられてしまったのだろう。

憑《つ》き物というのは、こういうことなのかもしれない。

もう、後戻りは出来ないなと、雨宮志朗《あまみやしろう》は決心を固めた。

豊洲《とよす》の喫茶店に、雨宮は協力してくれるという面々を集めた。

何とか休みが重なった一ノ瀬芽衣《いちのせめい》と、奇跡的に残業をせずに退社出来た日向則行《ひゅうがのりゆき》だ。

日は既に沈み、喫茶店の窓から見える空は暗い。

しかし、豊洲のタワーマンションや商業施設が照明を煌々《こうこう》とつけているお陰で、夜でもそれほど暗いと感じなかった。

窓の外の通りは、スーツ姿のビジネスマンや鞄《かばん》を抱えた学生達が行き来している。大勢がメトロの地下道から吐き出され、メトロの地下道へと消えて行った。

他所《よそ》から来る人が多い街なのだな、と雨宮は思う。

風通しがいい街は安心だ。部外者が足を踏み入れても、異様な目で見られることはないから。

「雨宮さん」

一ノ瀬に呼ばれて、ハッとする。

「大丈夫ですか。ぼーっとしちゃって」

女子大生の一ノ瀬は、心配そうに雨宮の顔を覗《のぞ》き込む。雨宮は、彼女を安心させようと笑顔を取り繕《つくろ》った。

「ああ、すみません。賑《にぎ》やかな街だと思って、つい」

「今の時間は、確かに人通りが多いですよね。あと、朝のラッシュがひどいんですよ。早く出勤して仕事を片付けようとすると、ラッシュに引っかかってげんなりすることが多かったです」

会社に着く頃にはボロボロになっていたと、日向は深い溜息《ためいき》を吐《つ》いた。

彼は出版社に勤務しているので、通常の始業時間は一般企業より遅いらしい。だから、出勤時刻を前倒しするとラッシュに重なってしまうという。

「でも、早く出勤して仕事を終わらせようっていうの、偉いですよね」

「えへへ、そうかな」

一ノ瀬の称賛に、日向は鼻の下を伸ばしながら照れてみせる。

「朝だと、色々なところからの連絡も少ないし、集中出来るんだよね。俺が担当している作家さんは夜型が多いから、午前中は打ち合わせもないし」

「それじゃあ、夜は……」

「眠れない夜を過ごすこともあるかな……」

主に打ち合わせで、と日向は虚《うつ》ろな目をした。

「そんなに忙しいのに、呼び出してすいません」

雨宮の言葉に、「いやいや！」と日向は全力で首を横に振る。

「ガチで眠れない夜を過ごしてたのを解決してくれたのは、雨宮さんですし！」

「それは寧《むし》ろ、浅葱《あさぎ》のお陰では……」

「いいえ。前も言いましたけど、浅葱さんと関わる切っ掛けをくれたのは、雨宮さんじゃないですか。誰だって浅葱さんに会えるわけじゃないですし、雨宮さんと一緒にニライカナイに行けなかったら、俺は今頃、睡眠不足で死んでたかもしれないし……」

日向の顔が青ざめる。

「そんな大げさ……というわけでもないか。睡眠不足で寿命が縮まりますしね」

「まだ、締め切り遅れの原稿を回収し切れていないのに死ねない……」

日向は歯ぎしりをしながら、執念《しゅうねん》で双眸《そうぼう》を燃やす。うっかり命を落としたら、締め切りを破った作家の夢枕に出そうだな、と雨宮は心の中で呟《つぶや》いた。

雨宮はアイスコーヒーを口にすると、改めて二人に向き直る。

「今日、二人を呼び出したのは他でもありません。その、喫茶店『ニライカナイ』についてですが」

雨宮が切り出すと、一ノ瀬も日向も、黙って頷《うなず》いた。

この世ならざる場所にある、喫茶店『ニライカナイ』。

そこには、幽玄《ゆうげん》な店主――浅葱がいた。

怪異に憑かれた者はその喫茶店に足を踏み入れることが出来、浅葱はその怪異を解いてくれる。

そして、彼はニライカナイの外へ出て、あるべき場所へと行きたがっているのだが、それが叶《かな》わないそうだ。

「俺は浅葱に救われました。だから、今度は俺が浅葱を救いたい。そのために、もっと浅葱と綿津岬の関係を探ろうと思うんです」

綿津岬とは、豊洲と月島《つきしま》に挟まれた臨海都市だ。

都市といっても、現代的で栄えているのは三丁目くらいで、二丁目は昭和の面影《おもかげ》を残したレトロな趣《おもむ》きがあり、一丁目に至っては、古い建物ばかりが並んでいた。

古くからある海神《わたつみ》神社や、資料館も一丁目にあった。そして、綿津岬を昔から牛耳《ぎゅうじ》っているとされる牛尾《うしお》家も。

「浅葱さんに会えるのは、綿津岬の中だけなんですよね。そして、怪異もまた、綿津岬に住んでいる人の前に現れるっていう……」

一ノ瀬は、自分を襲った怪異を思い出し、身震いをする。

「綿津岬は、海神神社に祀《まつ》られている第三の神――マレビトの上にあるそうです。海神神社で行っている祭りは、供物《くもつ》を捧げてマレビトを眠らせておくためのものらしい」

雨宮は、漣《さざなみ》婦人の話を思い出しながら、二人に伝えた。

「あのおっかない祭りに、そんな理由が……」

日向は怯《おび》えたように震える。

海神神社の祭りは、一見すると何処《どこ》にでもある夏祭りであったが、人形流しと呼ばれる儀式には、不気味な慣習がちりばめられているようだった。

のっぺりとした魚のようなお面を被《かぶ》った巫女《みこ》が、同じく魚を彷彿《ほうふつ》とさせるお面を被った者達に囲まれながら、赤子ほどの人形を海に放り投げる。その中には供物が入っていたのか、祭りの後は魚が集まっていた。

まるで、水死体に群がるかのように。

その様子を見ていた雨宮と日向は、何者かに海に突き落とされたのだ。

「でも、どうして眠らせておくんですか？」

日向は息を呑《の》みながらも、些《いささ》か身を乗り出して尋ねる。

「マレビトの上に綿津岬があるので、マレビトが目を覚ましたら綿津岬が大惨事になるからですよ」

「そりゃそうだ！　現実離れし過ぎて思い至らなかった……」

零《こぼ》れんばかりに目を見開き、日向はわなわなと震えた。

「それにしても、クジラの上に街があるとか、大亀の上に住居があるとか、そういうメルヘンな話だったんですね……」

「巨大な胎児《たいじ》の上にある街は、メルヘンですかね……？」

雨宮の冷静なツッコミに、「いや、ううん、ちょっとなぁ……」と日向は露骨《ろこつ》に引いた。

「じゃあ、私達はその巨大な胎児――マレビトの上で暮らしているってことですか？」

一ノ瀬は、気味が悪そうに綿津岬の方を見やる。

「そう――なります」

雨宮は、重々しく頷いた。

喫茶店の窓の向こうには、街灯《がいとう》に照らされた道が延々と続いていた。その先に綿津岬があるはずなのだが、何故《なぜ》か薄い靄《もや》に阻《はば》まれてしまい、街の様子を窺《うかが》うことは叶わなかった。

「マレビトは夢を見るそうです。その中の悪夢が、綿津岬の住民にとっての怪異になるらしい」

「それじゃあ、俺の紙魚《しみ》の怪異も……」

かつて、紙魚に食まれる怪異に襲われた日向は、全身にまとわりつくものを払うような仕草をしながら言った。

「マレビトが夢を見るから、綿津岬の人も夢を見ると浅葱が言っていました。そして、その夢が現実になるようです。マレビトの上で暮らしていると、マレビトの影響を受けるんでしょう」

悪夢ならば、怪異になる。

しかし、悪夢でない夢がある。その一部が浅葱だと、本人は言っていた。そして、死者への祈りが彼を作り上げているとも。

その話を聞いた一ノ瀬と日向は、しばらくの間、ぽかんと口を開けていた。

「なんというか……」

「綿津岬の存在自体が、夢みたいな話ですね……」

「ああ。俺はずっと、実体のない蜃気楼《しんきろう》の中を歩いているかのようです。でも、そんな中でも、やりたいことは決まっている」

それは、ニライカナイに縛《しば》られている浅葱を解放すること。

浅葱の正体が何であろうと、マレビトがどう関わっていようと、雨宮がやることは変わらなかった。

別れ際に見た浅葱の涙が、彼の背中を強く押した。浅葱の切なくも葛藤《かっとう》するような表情が、雨宮の心を波立たせていた。

「一人の力では限界がある。だから、俺を手伝って欲しいんです。危険を伴う可能性があるので、無理にとは言いませんが」

雨宮は深々と頭を下げる。一ノ瀬と日向は、間髪《かんはつ》を容《い》れずに返答した。

「勿論《もちろん》です。お手伝いしますよ」

「そうそう。乗り掛かった船ですし」

「すいません。有り難う御座います……」

雨宮は、額《ひたい》がテーブルにつかんばかりに礼をする。

「まあ、下心がないわけじゃないんですよね」

苦笑する日向に、雨宮は思わず顔を上げた。

「まさか、浅葱に何か……」

「いえいえいえ！　そんなまさか！」

雨宮に鬼気《きき》迫るものを感じたのか、日向はぶんぶんと首を横に振った。

「それじゃあ、雨宮さんに何か……」

「なんで⁉」

何故か心躍らせているような声の一ノ瀬に、日向は目を剝《む》いた。

「雨宮さん、イケメンですし……」

「イケメンだからって下心はないからね⁉」

微塵《みじん》も、と日向は大きな身振りで否定した。

「下心っていうか、綿津岬を徹底的に調べたいんですよ。うちの出版社、オカルト誌もやってるんですけど、ここのところ業績がいいんですよね。だから、近々テコ入れしたいって話になっていて」

「それで、綿津岬の記事を？」

「まあ、記事は俺が書くわけじゃないんですけど」

書く方のセンスはないし、と日向は恥ずかしそうに付け足す。

「じゃあ、どなたかライターに書かせるために取材を？」

「ええ、まあ、ライターと取材に」

日向は雨宮の方を見やる。日向が言わんとしていることを察せなかった雨宮はぽかんとしていたが、一ノ瀬は意図に気付くなり拍手をした。

「凄《すご》いじゃないですか、雨宮さん！」

「えっ？」

「自分のことになった途端、間《ま》の抜けた顔にならないで下さいよ！　なんか可愛いですね！」

一ノ瀬は、罵倒《ばとう》しているんだか褒《ほ》めているんだか分からない言葉を投げながら盛り上がる。

目を白黒させている雨宮に、日向は遠慮がちに説明した。

「その、雨宮さんのブログの記事、とても興味深いですし、綿津岬のことも滅茶苦茶面白く書けそうだと思うんですよね。ちょっとしたスペースがご用意出来るので、寄稿して頂けないかなーなんて」

「俺でよければ」

雨宮は、さらりと了承した。「軽っ！」と、日向は目を剝く。

「躊躇《ちゅうちょ》するなり喜ぶなり、リアクションがある気がするんですけど！」

「すいません……。あまりにも突然だったので、リアクション出来なくて」

嬉しいですよ、と雨宮は本心を語るものの、感情が表に出ていなかったので、付け足しただけのようになってしまった。

「まあ、いいんです。浅葱さんのことで頭がいっぱいですしね。あとで、正式な依頼としてメールをお送りするんで……」

日向は涙を拭《ぬぐ》う素振《そぶ》りをする。

「ただ、記事にするならば、一通りのことを終えた後がいいですね。俺が書いたと知られたら、綿津岬の人々が黙っていない気がします」

綿津岬の——特に二丁目の住民は、排他的であった。そして、老人達は二丁目に引っ越してきた雨宮のことを、常に監視していた。

加えて、綿津岬のことを調べる過程で、『自治会』とやらに目をつけられたこともある。

「そうだ。自治会……」

ハッとする雨宮に、一ノ瀬が震えた。雨宮と共に、車で轢《ひ》かれそうになったことを思い出したのだろう。

「自治会を動かしているのが牛尾家で、その長女がミチルなんです。彼女に会って、話が出来れば詳しいことが聞けるかも」

「ミチルちゃんって、自治会に襲われた時に助けてくれた子ですか……?」

黒い髪に黒い瞳が印象的な少女だった。

高校生ほどの年齢に見えたが、大学生の一ノ瀬よりも、ずっと大人だと感じた。それどころか、雨宮や日向よりも達観していて、漣婦人よりも経験豊富に見えた。

「その子、祭りの時にもいましたよね」

日向もまた、雨宮と共にミチルを目撃していた。

だがその時は、二人が社殿《しゃでん》を暴《あば》こうとしていたことに気付いているようだった。

ねめつけるような目つきを思い出すだけで、雨宮は背筋に怖気《おぞけ》が走った。

気持ちを落ち着けながら、雨宮はミチルの言葉を思い出す。

「ミチルは、ニライカナイを気にしている様子でした。それに、俺達が知らないことを知っているようだった。だから、こちらが得たニライカナイの情報と引き換えに、彼女から情報が引き出せないか試してみたいんです」

「でも、あの子は何処にいるんでしょう……」

一ノ瀬は、表情を曇らせる。それは、雨宮も分からない。

「牛尾家の長女でしたっけ。それなら、牛尾家にいるんじゃないですか？　有名な家ならば、ちょっと調べれば見つかるかも」

日向が提案するものの、雨宮は難色を示す。

「綿津岬の住民が、牛尾家の場所を教えてくれるならば」

「うーん。それも難しいか……」

日向は、肩を落とす。

「漣さんは知っていそうですけど、あまり口外してはいけない様子だったので、これ以上、迷惑を掛けたくないんですよね」

牛尾家の分家である漣家の家の中だというのに、辺りを窺うように話していたことを思い出す。

「いや……」

雨宮はふと、足掛かりになりそうな人物を思い出した。

それは、雨宮が暮らしているアパートの大家だった。漣婦人のことを教えてくれた彼ならば、牛尾家の手がかりも教えてくれるかもしれない。

直接的なことでなくてもいい。ヒントが貰《もら》えたら、あとは自分で調べるから。

「雨宮さん、何か心当たりがあるんですか？」

雨宮の表情の変化に気付いた一ノ瀬が、目敏《めざと》く尋ねた。

「ええ、少し。ダメもとで、聞いてみます」

「くれぐれも、危ないことはしないで下さいね」

一ノ瀬は心配そうにそう言うものの、雨宮は頷いてやることが出来なかった。

二人を危険に巻き込みたくはない。しかし、自分が危険に晒《さら》されることを、雨宮は気にしていなかったのであった。

豊洲の大通りは人が多かったのに、綿津岬に近づいた途端、通行人がぱったりと途絶えた。

日が沈んでしばらく経《た》つというのに、外はムシムシと暑い。何処からともなく蟬《せみ》の鳴き声が聞こえて、ご苦労なことだと雨宮は思った。

豊洲側から眺める綿津岬は、ずっしりとした靄で覆《おお》われていた。近づくと、つんとした磯臭《いそくさ》さが鼻を衝《つ》く。

海の中に還《かえ》った、生き物の死臭だ。

どうして、綿津岬はこんなに死の臭いが濃いのか。どうして、頻繁《ひんぱん》に白いベールに包まれるのか。

雨宮は、綿津岬を覆う靄が晴れたのを見たことがない。そういう立地なのか。それとも、マレビトの影響なのだろうか。

（この靄が晴れた時、浅葱は飛び立てるのだろうか）

まとわりつくような靄の中を突き進みながら、雨宮は空を見上げる。

朧月《おぼろづき》が、暗幕のような夜空をぼんやりと照らしていた。とてもではないが、飛び立つのに良い日だとは思えなかった。

その時、雨宮はふと、足の裏に震動を感じた。

「地震かな」

日向も感じたようで、辺りをキョロキョロと見回す。一ノ瀬は携帯端末を見るが、「特に速報はないですね」と言った。

「それじゃあ、車の震動かな。たまにあるよね。地震だ、と思ったら大型車が通っただけとか」

日向はそう言うが、周囲に大型車両は見当たらない。

「まあ、微弱な震動でしたしね。せいぜい、震度一くらいですよ」

雨宮は、気にしないことにした。今は、地震に気を取られている余裕はない。

「それじゃあ、お気をつけて」

分かれ道で、三人は解散する。この奇妙な街に住む、お互いの無事を祈りながら。

一ノ瀬と日向の背中を見送ると、雨宮もまた、二丁目にあるアパートへと足を向けた。

いつの間にか靄は薄くなり、夜の闇が頼りない街灯の光を蝕《むしば》んでいた。外から綿津岬を見やると、いつも靄に隠されている。しかし、綿津岬の内部に入り込むと、いつの間にか靄が晴れているのだ。

ふと、運河の方を見やると、豊洲や月島の街が煌々と夜空を照らしていた。外側からは靄が見えて、内側からは靄が見えないのだろうか。そう思い至った雨宮であったが、自身の憶測を鼻で嗤《わら》った。

それではまるで、マジックミラーではないか。そんな靄を発生させるなんて、今の技術では不可能だ。

だが、雨宮は数々の超常的な現象に遭《あ》っていた。

今や、自分の周囲は、己《おのれ》の常識では測れないもので満たされているのではないか。

「……何でもありだと思った方が、よさそうだな」

改めて、己が途方もないものを相手にしているという感覚が湧《わ》き起こった。畏怖《いふ》にも似た感情が押し寄せるものの、雨宮は首を横に振って振り払う。

怖気づいている暇などない。

浅葱を、解放してやらないと。

あの儚《はかな》げな姿が脳裏《のうり》にこびりついて離れない。悲しそうな表情がずっと瞼の裏に残っている。

そして、悲しみの向こう側へと解き放たれた時、彼はどんな表情を見せてくれるのかという気持ちが雨宮を突き動かした。

美しい蝶々《ちょうちょう》に魅せられて危険な秘境へと足を踏み入れようとする、探検家のような好奇心と執念が雨宮を支配していた。

黙々と歩いているうちに、雨宮が暮らしているアパートが見えてきた。昭和の面影を残した住宅街の中に、ポツンと建っている。

相変わらず、アパートには妙に人気《ひとけ》がない。大家が暮らしているという一階の一室だけ電気が点《つ》いていて、あとは暗闇で満たされているか、カーテンが引かれているかのどちらかだった。

雨宮は一旦、自宅に戻ると、予《あらかじ》めアンテナショップで買っていた地酒を引っ張り出す。それを適当な袋に入れて、大家のもとへと急いだ。

「こんばんは。夜分遅く、失礼します」

雨宮がチャイムを鳴らすと、ほどなくして、玄関のドアを開けて大家が顔を出す。

「どうしました？　何かありましたかね」

好々爺《こうこうや》の笑み《え》を浮かべる大家に対し、雨宮はそっと地酒を差し出した。

「実家の両親が送ってくれたんです。いつもお世話になっているので、お裾分《すそわ》けにと思いまして」

「おお、これはこれは」

大家は袋の中身を確認すると、顔を綻《ほころ》ばせる。

「いやはや、お気遣い有り難いですね。ここの酒は好物なので」

「なら良かった。お口に合うか分からなかったので」

雨宮もまた、穏やかな笑みを張り付けてみせた。

唐突に牛尾家のことを尋ねるのでは、不審に思われてしまう。だから、さり気なさを装《よそお》いたかった。

「それにしても」

大家はニコニコと微笑《ほほえ》みながら言った。

「いつの間にか宅配便が届いていたんですね。ここは壁が薄いから、普段なら気付くんですが」

雨宮は、己の心臓が掴《つか》まれたかのような錯覚に陥《おちい》る。まさか、宅配便が届いたかどうか、大家が把握しているとは。

己の迂闊《うかつ》さを呪《のろ》いながら、急いで言いわけを作り上げた。

「親が変な気を回して、バイト先に送って来たんですよ。お陰で、恥ずかしい思いをしました」

「ははあ、成程《なるほど》ね。我が子を想うからこそ、空回りしてしまったわけですか」

あまりにも苦しい嘘《うそ》だと思ったが、大家は信じてくれたらしい。

いや、信じたふりをしているだけか。

疑心暗鬼《ぎしんあんき》が雨宮の中で渦巻く。喋《しゃべ》れば喋るほどボロが出そうな気がして、単刀直入に本題に入ることにした。

「綿津岬の生活にも慣れましたし、こうやって色んな方々に挨拶《あいさつ》が出来ればと思いまして」

「ほほう？」

大家が、一瞬だけ探るような目つきになったのを、雨宮は見逃《みのが》さなかった。

「この街は牛尾家の方々が取り仕切っていると聞きましたし、是非《ぜひ》ともご挨拶が出来れば、と」

「そうですねぇ」

大家は笑顔のまま、じっと雨宮を見つめていた。

「ただ、自分は牛尾家の場所を知らないんです。大家さんが知っていたら、教えて頂ければと思うんですけど」

「牛尾家の場所――ですか」

大家は虚空《こくう》を見つめ、しばらく考え込む。雨宮は平常心を装いつつも、内心では生きた心地がしなかった。

「分かりました」

大家の返事は、快いものだった。

「牛尾家への道は複雑ですしね。地図を用意しておきましょう。後日でもいいですか？」

「ええ、勿論。急いでいないので」

雨宮は頷く。

それから、二言三言交わして、雨宮は大家の家を後にした。

「よし……。一歩前進だ」

雨宮は外階段を上りながら、小さくガッツポーズをしてみせる。あとは、自治会に邪魔をされずに、穏便に牛尾家に辿《たど》り着ければいいのだが。

そう思いながら、雨宮は二階にある自分の部屋の鍵を開ける。

だが、鍵を回す音に紛《まぎ》れて、ドアが閉まった音がした。

雨宮の手が止まる。音は下からだ。丁度、大家の家の辺りだ。

雨宮が立ち去ってからも、ずっとドアを開けていたのだろうか。一体、何のために。

呟きは自分にしか聞こえないくらいの小声だった。聞かれる心配は少ない。

だが、雨宮は全身から冷や汗が噴き出し、しばらくの間、ドアを開けられずに立ち尽くしていたのであった。

その夜は、異様に静かだった。

布団の中の雨宮は、眠れずに何度も寝返りを打った。

アパートの外を往《ゆ》く足音すら聞こえない。壁が薄いので、普段は外界の小さな音すら聞こえるというのに。

「浅葱は今、どうしているんだろうな……」

彼の日常というものが想像出来ない。生活感というものが、おおよそ欠落しているのだ。

また、『ニライカナイ』に迷い込んだ誰かに手を差し伸べているのだろうか。誰かの怪異を祓《はら》ってやっているのだろうか。

その誰かが羨《うらや》ましいな、と思いながら、雨宮は眠りへと落ちたのであった。

強い磯のにおいがする。

しかし、綿津岬に漂《ただよ》っている、粘《ねば》りつくような臭いではなかった。

「『ニライカナイ』……」

薄暗い店内に、ホタルイカのような明かりがぼんやりと灯《とも》っていた。

白亜の彫刻のような貝殻と、陶器のような珊瑚《さんご》が置かれた、小ぢんまりとした喫茶店だ。

そのカウンターの向こうに、アサギマダラの着物をまとった青年が、佇《たたず》んでいた。白化した珊瑚のような指先で、貝殻を弄《もてあそ》んでいる。

二枚の貝殻がぶつかり合うと、チリン、チリン、と涼しげな音がした。

「浅葱」

「志朗さん」

浅葱が、驚いたように顔を上げる。

表情の変化は僅《わず》かだったが、雨宮はそれだけでも満足だった。自分が少しでも、浅葱の心を動かせたのなら。

「どうして、ここに」

「それは俺が知りたい。怪異にも襲われていないし、死にそうな目にも遭っていないし、あの琵琶法師《びわほうし》——朱詩《あかし》にも手伝って貰っていないのに」

でも、と雨宮は続けた。

「会えてよかった」

「……私もです」

浅葱は目を伏せると、ぽつりと呟いた。

「浅葱……も？」

「丁度、あなたのことを考えていました」

浅葱は、雨宮をカウンター席へと促《うなが》す。

雨宮が腰を下ろすと、浅葱はガラスの湯呑みにお茶を淹《い》れてくれた。

「どうぞ」

「あ、ああ。有り難う」

雨宮は礼を言うと、そっと口をつける。昆布の爽《さわ》やかな磯の香りと、ほのかな懐かしさがあった。

一口含めば、身体の緊張がすうっと抜けていくのを感じた。

「相変わらず、美味《おい》しいな」

「それは何より」

浅葱は相変わらず表情の乏《とぼ》しい顔で、雨宮の賛辞をさらりと受け取った。

「その、さっきのはどういうことだ。俺のことを、考えていたって……」

「そのままの意味です。あなたのことが、頭から離れなくて」

「それが、いい意味だったらいいんだけどな」

改めて己の行動を顧《かえり》みると、強引だと思う節《ふし》もあった。今頃になって、ムキになっていた自分を反省していた。

「どちら、なんでしょうね」

浅葱の返答は、何とも曖昧《あいまい》だった。

「ただ、私を連れ出すと言ってくれたのは、あなたが初めてでしたから」

「他の連中は？」

雨宮の問いに、浅葱は首を横に振った。

思い返してみれば、自分も一ノ瀬も、あれよあれよという間に浅葱に怪異を祓われ、お礼を言う余裕もなく店を後にしていた。きっと、他の人間もそうなんだろう。

普通ならば、夢か幻だと思うかもしれない。他人に話したところで、信じて貰えないに違いない。

雨宮は偶々《たまたま》、身近に浅葱と接触した人間がいた。だからこそ、浅葱のことを深く考えられたのだ。

「偶然が、俺を再びニライカナイに結び付けたから……」

「偶然では、ないかもしれません」

浅葱は、目を伏せたまま言った。

「どういうことだ？」

「日々、夢と現実の境界が、曖昧になっているのです」

「……マレビトの？」

雨宮は探るように問いかける。浅葱は、迷うことなく頷いた。

「マレビトが目覚めそうだっていうことか？」

浅葱は、再び頷いた。

「夢うつつになっているので、マレビトの周囲も不安定になっているのでしょう。

今後は更に、こちらに迷い込む人が増えるかもしれません」

「そうか。忙しくなるな……」

「私はいいのです」

雨宮が気遣ったのを察したのか、浅葱は頭《かぶり》を振った。彼の言葉には、続きがあった。

「しかし、どんなに夢うつつになっても、マレビトは目覚めることが出来ないのです」

「そうなのか？」

「封印が、してあるようです」

また、曖昧な物言いだった。浅葱が直接確認したわけではないのだろう。

「それにしても、不安定になっているからこそ、怪異に襲われたり生命の危機に陥ったりしていない俺も、またこうやってニライカナイに来られたのか……」

「……どうでしょう」

浅葱は、重なった二枚の貝殻を見つめる。

「そこまで境界が曖昧になっているのならば、もっと来訪者が増えてもいいはずです」

閑散《かんさん》とした店内を、浅葱はぐるりと見渡す。

「私とあなたは、特別なのです。恐らく」

「特別……」

雨宮が戸惑《とまど》う中、浅葱は続ける。

「あなたは、海のアヤカシに導かれて、ニライカナイまで来たでしょう?」

海のアヤカシとは、朱詩のことだろう。雨宮は、「ああ」と頷いた。

「だから、あなたは無意識のうちに、ニライカナイへの来訪の仕方を記憶したのだと思います。あとは……」

浅葱の指先が、雨宮の胸に触れる。服越しでも分かるほどヒンヤリしていて、雨宮はびくりと身体を震わせた。

「私の蝶が、ここに」

「あの時の……」

浅葱が連れて行って欲しいと涙した時、彼を構成していた無数の蝶々の一匹が、雨宮の胸の中に飛び込んで来たのだ。

雨宮は思わず、浅葱の手に自身の手を重ねようとした。しかし、浅葱の手はするりと逃げてしまった。

「今のあなたと私は、強い縁《えにし》で結ばれているようです。そのお陰で、私はあなたのことをよく考えるようになった」

「……その、すまないな。もし、心穏やかでなくなったのなら」

「いいえ」

浅葱はすっと雨宮を見つめた。

「凪《な》いでいた私の心に、小波《さざなみ》が立つようになりました。しかし、それは悪いことではないと思うのです。波が生じれば、潮の流れが変わる。そうすれば、一か所に留《とど》まっていたものも、動き出す……」

「浅葱がそうなれるように、俺も頑張りたい」

「志朗さんの気持ちは嬉しい。しかし、私は――」

浅葱の表情が、一瞬、悲しげになった。キュッと唇を噛《か》み、罪悪感に苛《さいな》まれているかのようだ。

「ここから、出てはいけないのです」

「出られない、ではなく？」

「出られないだけではなく、出ることが禍《わざわい》になるのです」

「……穏やかじゃないな」

雨宮は、眉《まゆ》をひそめた。

「だから、私が連れて行って欲しいと思うことが、間違いなのです」

「……願望に、間違いも何もない」

雨宮は頭を振る。

「教えてくれないか？　どうして、浅葱がニライカナイから出ることが禍になるのかを」

「それは――」

浅葱の整った唇が震える。そんな彼が心配になる雨宮であったが、次の瞬間、焦《こ》げ付いた臭いが鼻先を過《よぎ》った。

「なんだ？　料理でも焦がしたのか……？」

しかし、ニライカナイは喫茶店の形をとっているものの、料理が出たことはない。それに、店内に火の気配は全くなかった。

「志朗さん、あなたの方です！」

浅葱は白肌を一層白くさせながら、カウンターの向こうから足早にやって来て雨宮の腕を掴んだ。

「お、おい」

「早く、目覚めて下さい……！」

「浅葱……！」

戸惑う雨宮を、浅葱は出入り口に向かって突き飛ばす。

すると、雨宮の身体は扉の方へと吸い込まれ、ニライカナイは無数の泡へと姿を変え、散り散りになったのであった。

頭が割れるように痛い。息苦しくて、意識が朦朧《もうろう》とする。

雨宮がうっすらと目を開けると、轟々《ごうごう》と音を立てて炎が上がっていた。

「なっ……」

雨宮は、掛け布団を放り出して飛び起きる。

火の出どころは、台所の方だった。だが、昨晩の夕食は三人で打ち合わせた時に済ませたし、火の元を弄《いじ》った記憶はなかった。

「くそっ、もう駄目だ……！」

台所は玄関を上がってすぐで、廊下の役割も果たしている。しかし、完全に火に呑まれているようだ。

今から消火は間に合わない。

雨宮は、机の上に置いてあるノートパソコンと貴重品を咄嗟《とっさ》に抱え、ベランダへと飛び出した。

炎が背中を掠《かす》めた気がした。すぐ後ろで、布団が燃える音がする。あと少し目が覚めるのが遅かったら、自分も炎に巻かれていたのだろうか。

夜空を焦がす炎に気付いたのか、アパートの前には近所の人達が集まっていた。

雨宮は、彼らの手を借りながら、二階のベランダから慎重に下りた。

雨宮が裸足《はだし》でアスファルトを踏みしめた瞬間、ベランダもまた、猛々《たけだけ》しく溢《あふ》れ出した炎に包まれた。

「大丈夫かい？」

「危ないところだったな」

近所の人達は、雨宮が無事なことに胸を撫《な》で下ろしていた。

雨宮は、生きた心地がしなかった。しっかりと抱いたノートパソコンの冷たさで、生きていることを実感した。

「大家さん、二階の住民は助かったよ！」

近所の人は、人込みの一角に向かって叫んだ。すると、小走りでやって来る老人の姿があった。

「ああ、雨宮さん……！」

大家だ。雨宮を見るなり、安堵《あんど》の表情を浮かべる。

「無事でよかった……。消防は呼んだんですが、もう駄目かと思って……」

「は、はあ……」

消防車両のサイレン音が近づいて来る。

だが、雨宮が浅葱に起こされていなかったら、彼らに焼死体として発見されていたかもしれない。

「火の元はちゃんと確認しないと駄目ですよ。夕飯の後は、特に油断してしまうから……」

「いや、夕飯は……」

大家は涙すら浮かべていたが、雨宮には違和感があった。

アパートの壁は薄く、宅配便が届いたかどうかも分かるくらいだ。雨宮が帰宅したタイミングも知っているだろうし、物音に気付かなかったとしても、地酒を届けに行っているので予想がつくはずだ。

雨宮の帰宅時間は、決して早くはなかった。明らかに、夕食は外で済ませたというタイミングだった。

仮に遅い夕食を済ませたとしても、コンロは玄関脇にあるので、火を使っているかどうか、音やにおいで分かるはずだ。

(まさか、火の不始末だということにしたいのか?)

雨宮の中に、そんな疑念が過った。

だが、何故そうする必要があるのだ。そもそも、何故、出火してしまったのか。

「そうだ、雨宮さん。これじゃあ、あの部屋はしばらく使えないでしょうし、知人の家を紹介しましょうか?」

雨宮は、咄嗟《とっさ》に首を横に振った。

「い、いえ……」

彼は、恐ろしいことに気付いてしまった。

大家は、雨宮の部屋の合鍵を持っている。雨宮はチェーンをかけて就寝するタイプだが、ほんの少しでも隙間《すきま》があればいい。ドアを少し開けて、火種を放り込めば、古い木造アパートはあっという間に炎上する。

牛尾家に近づこうとする雨宮を、そうやって始末しようとしたのなら……。

「どうしました、雨宮さん。ひどい汗ですよ。救急車も呼びましょうか?」

大家は雨宮を揺さぶる。彼の腕を摑む手は、老人のものと思えないほどきつく、万力《まんりき》のようであった。

心配そうに雨宮の顔を覗く大家の目は、魚のお面と同じく、無表情であった。どんなに顔の筋肉で取り繕っても、瞳に宿る暗い炎は隠せなかった。

雨宮は揺さぶられながら思う。

自分は、思った以上に恐ろしいものを相手にしているのではないか、と。

第八話

シーグラスの憂鬱《ゆううつ》

神谷彩子《かみやあやこ》は、綿津岬《わたつみさき》高校に転校してきた時点で、この街は奇妙だなと思っていた。

粘《ねば》りつくような空気と、肌がピリピリするような感じと、ときおり鼻先を掠《かす》める磯臭《いそくさ》さが、その感覚を顕著《けんちょ》なものにしていた。

学校も、今まで住んできた何処《どこ》の地域のものより変な感じがした。

最寄りの駅にやって来る電車が一時間に一本あるかないかという田舎の学校にも通ったことがあるけれど、そこの方がずっと普通だと思った。

父は転勤が多く、今回も、豊洲《とよす》にある子会社に異動になったため、神谷一家は綿津岬に引っ越したのだ。

豊洲にすればいいのに、と彩子は父に言ったが、家賃が高いんだよ、と言われてしまった。どうやら、綿津岬の賃貸の方が、神谷家の経済状況に合っていたらしい。

「でも、なんかここ、嫌だな」

教室からは、東京湾に繋《つな》がる運河が見える。その向こうが豊洲で、背が高いマンションが連なっていた。

彩子も、綿津岬三丁目のそこそこ良いマンションの一室に住んでいるが、窓を開ければ磯臭さに悩まされ、南向きなのに昼間ですら薄暗くて、嫌な感じだ。

きっと、豊洲や月島《つきしま》では、そんなことに悩まされないのだろう。

そう思った彩子は、深い溜息《ためいき》を吐《つ》く。

その時だった。

ふと、屋上に人影があるのに気付いた。コの字型の校舎の内側に窓があるので、向かい合う校舎の屋上の様子はよく見えた。

屋上には給水タンクなどもあるし、その業者だろうかと思ったが、どうやらそれは、女子生徒らしかった。

長い黒髪を潮風になびかせ、海の方を見つめているようだった。彩子の位置から顔は見えないが、美人なんだろうなという雰囲気は漂《ただよ》っていた。

彩子が女子生徒を見つめていると、彼女はふと、踵《きびす》を返す。

こちらに振り向くと思った瞬間、「彩子ー」と教室の中から呼ばれた。

「こっちに来なよ」

「あ、うん！」

教室の真ん中で、数人の女子生徒が手を振っている。

綿津岬に来て良かったことといえば、友人が出来たことくらいか。

彼女らは、親や祖父母の代からこの地に住んでいるらしく、転校生の彩子に綿津岬のことをあれこれと丁寧に教えてくれた。先日の海神《わたつみ》神社で行われた祭りにも、一緒に連れて行ってくれた。

「なに、ぼーっとしてたの？」

女子達の中心にいた、磯田伊佐美《いそだいさみ》がまん丸い目を見開いて問う。

他のメンバーは二丁目に住んでいるらしいが、彼女だけは一丁目に住んでいて、代々、綿津岬で暮らしているという古い家の人間らしい。

「ちょっと、色々。大したことないの」

「ははーん。さては、気になる男子のことを考えてたんでしょ」

伊佐美がそう言うと、他の女子は「やだー」「目をつけるの早過ぎー」と盛り上がる。

「いや、まさか……。今日の晩御飯は何かなって、思ってただけ」

彩子は、苦笑しながら誤魔化《ごまか》す。

何となく、屋上の女子生徒のことは言わない方がいいような気がしていた。屋上は特別な理由がないと入れないと聞いていたし、何か事情があるのかもしれなかったから。

彩子の友人達は、転校してきたばかりの彩子に声をかけてくれた良い人達だが、そのノリにはついていけなかった。みんな、伊佐美に調子を合わせるのが本当に上手《うま》くて、彼女らが一つの生き物のようにすら見えた。

「晩御飯で、あんな真剣で憂《うれ》いを帯びた顔はしないでしょ。絶対、オトコでしょ、男」

「は、ははは……」

前半は鋭いな、と思ったけど、後半は的外れだと彩子は思った。

休み時間の教室をぐるりと見やると、あちらこちらで各々の話題で盛り上がっている。男子の集団も幾《いく》つかあって、そのうちの一つは、ネットで見つけた女性芸能人の過激なコラージュ画像で盛り上がっている。

「あの中の誰かが気になるとか」

伊佐美はすかさず、耳打ちをする。

「いや、ないかな……」

彩子は力なく首を横に振った。彼らに関しては、「猿かよ」という感想しか出て来なかった。

「じゃあ、彩子はどんなタイプが好きなの?」

伊佐美の問いに、彩子はしばし考え込む。

「やっぱり、大人な男性かな。紳士的で思慮深くて、博識な感じの」

「えー。そんなの現実にいるぅ?」

伊佐美は、不満げに口を尖《とが》らせる。

「理想はどれだけ高くてもよくない？　現実は、理想と上手く折り合いをつけて、妥協すればいいだけで」

「ふーん。彩子ってオトナだね」

伊佐美の言い方が、少しだけ癇《かん》に障《さわ》った。自分が期待していた反応とは違って、拗《す》ねているようにも見えた。

ここは、クラスメートの男子から選べばよかったのだろうか。

しかし、気がない相手を選んだら、相手にも迷惑がかかるだろう。それとも、理想のタイプはもっと過激にした方がよかっただろうか。そしたら、伊佐美を喜ばせることが出来ただろうか。

「……伊佐美は、どういうタイプが好みなの？」

自分が話題の中心になっているのが居心地悪くて、彩子は伊佐美に話を振った。

すると、よく聞いてくれましたと言わんばかりの顔で、伊佐美は語ってみせる。

「うーん。やっぱり、イケメンがいいよね。あっ、顔だけじゃなくて、中身が大事だからね。一見ナンパなタイプなんだけど、最終的には私一人を見てくれるような人がいいな。こう、溢《あふ》れる父性で包み込んでくれるんだけど、時には野性的で大胆で……」

「そ、そっか……」

自家用車で迎えに来てくれるとか、欲しいものはＤＩＹで丹精込めて作ってくれるとか、伊佐美は延々と理想のタイプを列挙していた。

（私の理想の紳士と、どっちが現実離れしているんだ……？）

彩子は笑顔を取り繕《つくろ》いつつ、内心で頭を抱える。

だが恐らく、伊佐美はツッコまれることを期待していない。彼女の目は、夢見がちではあったが本気だった。

彩子は出来るだけ内心を押し殺し、伊佐美の話を聞いてやる。

伊佐美の周囲にいた女子達もまた、「わかるー」とか、「いいね」と同意している。本当かよ、と彩子は思ったが、口にしなかった。

「どう、彩子」と、理想のタイプについて語っていた伊佐美は、唐突に彩子へと向き直った。

「どうって？」

「私の理想のタイプ。彩子も好きだと思うんだけど」

「ああ、うん……」

顔を覗《のぞ》き込んでくる伊佐美は、完全に同意を求めていた。彩子は顔が引きつらないようにしつつ、頷《うなず》いてやる。

すると、「だよね！」と伊佐美は嬉しそうに微笑《ほほえ》んだ。

「でも、彩子には譲らないよ。理想の王子様が現れたら、全力でゲットするし」

「そっかー……」

是非《ぜひ》ともそうしてくれ、と彩子は心の中で思う。時には野性的で大胆なイケメンは、荷が重すぎる。

彩子は穏やかに暮らしたかった。彩子の理想の紳士が、転勤の少ない人であることを願うばかりであった。

「三年生の先輩に、カッコイイ人がいたよね」

取り巻きの一人がそう言いながら、具体的な名前を挙げる。

生徒は多くないため、彩子も顔と名前がすぐに一致した。しかし、惹《ひ》かれる人間は特にいなかった。

それよりも、気になっていたことを思い出す。

「そう言えば、名前だけ知っているけど、顔を見たことがない三年生がいるんだよね」

「えっ、誰？」

取り巻きの一人が問う。

その時だった。笑顔だった伊佐美の表情が、一瞬にして失《う》せたのは。

「えっと、牛尾《うしお》ミチルっていう先輩で——」

「やめて」

伊佐美の声が彩子の言葉を遮《さえぎ》る。

「その人の話は、しちゃだめ」

伊佐美は驚くほど無表情だった。能面か、魚のようだった。

そんな伊佐美を見て、取り巻きの女子もまた、「ごめんなさい」と慌てて口を噤《つぐ》む。

話題を振ったのは、彩子だというのに。

どうして、とは聞けなかった。伊佐美の無言の圧力が、彩子に口を開けさせまいとしていた。

手のひらに脂汗《あぶらあせ》が滲《にじ》む。彩子はこの沈黙が、永遠のもののように思えた。

だが――。

「あ、岸部《きしべ》君」

取り巻きの中の一人が、廊下の方を見て声をあげた。彩子の金縛《かなしば》りが解《ほど》け、どっと全身から汗が噴き出す。

廊下を、隣のクラスの岸部という男子が歩いていた。細身で背も高くなく、やや気弱そうだ。どちらかというと繊細な顔立ちで、年上にモテそうだなと彩子は思った。

「きゃー、岸部君！」

伊佐美がいきなり、奇声をあげる。

廊下を歩いていた岸部は、ビクッとして教室の方を見やる。すると、伊佐美はここぞとばかりに手を振ってアピールをした。

岸部もまた、愛想笑いを浮かべながら、遠慮がちに手を振る。そして、そそくさと教室の前を去って行った。

「んぎゃー、可愛い！　今の見た？　私に向かって笑ってくれたし、手を振ってくれたんだけど！」

伊佐美は興奮しながら、彩子の背中をバンバンと叩く。私の背中はコンガじゃないんだぞ、という気持ちと、父性に溢れたイケメンはどうした、という気持ちを胸に、彩子はなされるがままだった。

伊佐美の周りの女子は、「よかったねー」とか、「可愛かったね」と同意している。クラスの男子達の耳にも伊佐美の奇声が届いたのか、生暖かい眼差《まなざ》しをくれていた。

そうか。これは日常茶飯事なのか、と彩子は悟る。

伊佐美は、口ではナンパなイケメンがいいと言いつつも、実際は岸部のように草食系っぽい気弱そうな男子の方が好きなんだろう。

伊佐美の本心も知れたことだし、少しは仲良くなれるだろうか。

彩子はそんな希望を抱く。

何せ、伊佐美はクラスの女子の中心的な存在だ。

彼女が群れを作っている以上、彼女に気に入られなくては、苦しい思いをするここになるだろうから。

しかし、彩子の希望は呆気《あっけ》なく打ち砕かれた。

数週間後、彩子は岸部に呼び出されたのである。

放課後の校舎裏で、岸部はまごまごしながらも勇気を振り絞《しぼ》って、こう言った。

「か、神谷さん……。そ、その、僕と付き合って頂けませんか……⁉」

「へ？」

彩子は目を丸くした。「なんで？」という疑問が、思わず口をついて出た。

「なんで、でしょう……。僕には神谷さんが、輝いて見えるんです。砂浜に打ち上げられた美しい貝のような――ううん、透き通ったシーグラスかな」

「シーグラスって、寧《むし》ろ、ゴミの類《たぐい》なんじゃあ……」

海岸に打ち上げられた、青や緑の透明な石。見た目はとても綺麗《きれい》だが、実は割れたガラスの破片が、波に揉《も》まれて丸みを帯びただけという代物《しろもの》だ。コレクター魂《だましい》をくすぐるのか、収集家もいるらしいが、彩子は皮肉を込めて「綺麗なゴミ」と呼んでいた。

だが、岸部は顔を上げてこう言った。

「ゴミじゃないです！　ま、まあ、確かに空き瓶《びん》などが元になったものかもしれませんが、シーグラスは海が研磨《けんま》して美しく仕上げた芸術品です！」

「そ、そっか。ごめん……」

どうやら、岸部もコレクターの類なのか、シーグラスに思い入れがあるようだ。いずれにしても、褒《ほ》め言葉として言ってくれたようで、彩子は素直に謝罪した。

岸部もまた、慌てて頭を下げる。

「僕の方こそ、ムキになってすいません。僕は旅先で、よくシーグラスを探しているので……。貝や流木みたいな自然のものにまじって、人工のものがキラキラと太陽の光を浴びて輝いているのが、素敵なんですよね。異質なんだけど、心が惹かれるっていうか」

「私に告白してくれたのは、私が転校生で異質だからってこと？」

彩子は首を傾《かし》げる。

「キラキラしているから、です。綿津岬に染まり切っていなくて、輝いている。そんな気がするんです」

岸部は、真《ま》っ直《す》ぐに彩子を見つめる。

彼の真剣さは、ヒシヒシと伝わって来た。だからこそ、彩子はこう言った。

「岸部君の気持ちは嬉しいけど、付き合えないよ」

「そう……ですか」

岸部は、がっくりと項垂《うなだ》れる。元々、それほど大きくない身体が、余計に縮んで見えた。

だが、彩子の言葉には続きがあった。

「だって私、岸部君のこと何も知らないし。岸部君も、私のことはそれほど知らないでしょ？」

「確かに……」

彩子に指摘された岸部は、目から鱗《うろこ》が落ちたような顔をしていた。

「岸部君が私を気にしてくれるのは嬉しいけど、それってもしかして、シーグラスが気になるから手に取りたいっていう段階なんじゃないかな」

「それって、どういう……」

「持って帰るかどうかは、手に取って吟味《ぎんみ》してからじゃない？　シーグラスのことはよく分からないけど、何でもかんでも欲しいってわけじゃないでしょ？」

「そっか……。そうですね……」

全方位研磨されていないとシーグラス感が少ないし、と岸部は独特の価値観で納得する。

「今の段階で付き合うのは難しいけど、友達ならいいよ。お互いのことをちゃんと知ってから、どうするか決めようよ」

「神谷さん……！」

岸部の表情が、ぱっと輝く。嬉しそうな彼を見ると、彩子もなんだか心の中が温かくなった。

「まずは、岸部君のオススメのシーグラススポットを教えてよ。私、ちょっとシーグラスに興味が湧《わ》いて来たし」

「シーグラス拾いなら、沖縄ですかね！　沖縄の海岸はビーチコーミングに最適ですよ！　まあ、持ち帰っちゃいけないものもあるので、注意が必要ですけどね」

「あー、珊瑚《さんご》は死んでるやつでもダメなんだっけ。沖縄にもちょっといたけど、ビーチコーミングはやらなかったなぁ」

那覇《なは》市の市街地に住んでたし、と彩子はぼやく。

「えっ、神谷さんは沖縄にも？」

「うん。だけど、短い間しかいなかったしね。忙しかったから、観光なんて出来なかったな」

「それは、勿体《もったい》ないですね……。沖縄の砂浜って、宝物が豊富なんですよ。やっぱり、ニライカナイから来ているんですかね」

「ニライカナイ？」

彩子が尋ねると、岸部は迷わず答えた。

「沖縄や奄美諸島《あまみしょとう》に伝わる、彼岸《ひがん》の概念ですよ。魂が還《かえ》るところであり、魂が来るところなんです。ニライカナイは豊穣《ほうじょう》を齎《もたら》すので、信仰の対象になったそうです」

「へぇ、岸部君は博識だね」

「いやあ、オタクなんですよ」

岸部は照れくさそうに笑った。そんな笑顔が可愛いなと、彩子は思った。

「綿津岬には、ニライカナイからの贈り物は来ないの？」

何気ない質問に、岸部の顔から笑《え》みが失せる。機嫌を損ねてしまったかと心配する彩子であったが、岸部は記憶の糸を慎重に手繰《たぐ》り寄せただけだった。

「綿津岬には浜がないので、シーグラスのような漂着物は探せないんですよ。そもそも、埋立地ですし」

「そっか……」

「でも、昔から魚はよく獲れるみたいです。だから、海神神社ではえびす様を祀《まつ》っているんですよ」

「じゃあ、それがニライカナイからの贈り物なのかも」

「はは、そうかもしれませんね」

岸部と話していると、心地いいと彩子は感じた。少し話しただけで、彼が博識だということが分かった。

「でも、綿津岬で獲れた魚って、何処に行ってるの？　豊洲市場？」

彩子は、浮かび上がった疑問を口にする。それについては、岸部もまた首をひねっていた。

「それが、よく分からないんですよね。魚は、今も獲れているみたいなんですけど」

そこまで言って、岸部は声を潜《ひそ》めた。彩子に耳打ちするように、彼はこう言った。

「噂《うわさ》によると、綿津岬で獲れた魚は、全《すべ》て一丁目に運ばれているようです」

「一丁目って、昔から綿津岬にいる人達が住んでる場所だっけ？　どうして？」

「それは、僕にも分からないですよ。綿津岬の魚を一丁目の人達が独占しているにしても、釣り人が釣った魚は、あんまり美味《おい》しそうに見えなかったし」

岸部は頭《かぶり》を振った。

「まあ、確かに。独占したいくらい美味しいっていうなら、古い人達が外に出したがらないのも分かるけど……」

彩子も、綿津岬で釣れた魚を見たことがある。身体はやけに大きかったが、目が虚《うつ》ろで濁《にご》っていて、とても食べる気にはなれなかった。

つんとした磯臭さが、彩子の鼻先を掠める。二人は顔を見合わせ、ごくりと生唾《なまつば》を呑《の》んだ。

何処からか、視線を感じる。彩子が口に出さずとも、岸部も気が付いたようだった。

その後、二人は急に言葉少なくなってしまった。お互いに連絡先を交換し合い、近場でシーグラスを見つけられる場所に行こうと約束を交わして、校舎裏を後にした。

彩子は立ち去る岸部を見送りたかったが、どうしても踏み切れなかった。嫌な感じが、ずっと全身にまとわりついていたから。

翌朝は、どんよりとした雲が垂れ込めていた。今にも雨が降りそうだったので、彩子は傘を持って登校した。

「おはよう」

彩子は教室に入るなり、クラスメートに挨拶《あいさつ》をする。伊佐美はいつものように教室の真ん中で女子達と喋《しゃべ》っていたが、彩子の挨拶には応じなかった。

聞こえなかったのかな、と思いながら、彩子は自分の席に向かう。

だが、ひどい異臭が彼女の鼻を衝《つ》いた。

「なにこれ……！」

彩子の机の中には、水に濡れたゴミが詰められていた。

磯臭さからして、ゴミから滴《したた》り落ちているのは海水だろう。誰かが、海からゴミを持って来たというのか。

「誰、こんなことをしたの！」

彩子は叫ぶ。

だが、誰も反応しなかった。まるで、彩子が見えていないと言わんばかりに。

「ねえ、伊佐美。私の机の中にゴミが入ってたんだけど、何があったか知らない？」

彩子は伊佐美達に歩み寄った。だが、伊佐美も周りの女子も、彩子の方を振り向かなかった。

まるで自分が空気になってしまったかのような無力感に打ちひしがれた彩子は、思わず伊佐美の肩を摑《つか》んだ。

「ねえってば！　聞こえてないの？」

しかし、その手は呆気なく打ち払われた。

「うるさいゴミだなぁ。触らないでよ」

「は……？」

彩子は耳を疑った。

今、伊佐美は自分をゴミと呼ばなかっただろうか。

「ど、どういうこと……？」

彩子の声が震える。伊佐美は、面倒くさそうに口を開いた。

「だって、ゴミでしょ。元々あった和を乱しちゃってさ。一人で可哀想《かわいそう》だからって、仲間に入れてあげたのに」

「まさか……」

伊佐美が、彩子の机の中にゴミを突っ込んだというのか。

だが、どうして。

「あっ、岸部君」

伊佐美の仲間の一人が、廊下を見て叫んだ。すると、伊佐美は「ホントだ、岸部くーん！　笑ってー！」と彩子をほったらかしにして、廊下の岸部に向かって手を振る。

すると、岸部は困惑しながらも、笑顔で応《こた》える。いたたまれなくなった彩子は、思わず叫んだ。

「岸部君！」

だが、岸部はびくっと身体を震わせると、彩子と目を合わせずにそそくさと立ち去ってしまった。昨日は、あんなに色々と話してくれたのに。

「どうして……？」

「ゴミとなんて、話したくないんじゃない？」

伊佐美はそう言ったきり、彩子の方を振り返ることはなかった。彩子はなすすべもなく、よろよろと席に戻ったのであった。

失敗してしまった。

また、独りになってしまった。

父の転勤のせいで、彩子はいつも独りだった。新しい土地にやって来て、新しい友人を作っても、すぐに別れることになる。

豊洲の勤務は長くなると聞いていたので、綿津岬ではちゃんと人間関係を築きたかったのに。

休み時間も、彩子は独りっきりだった。

周囲では、女子も男子も他愛のない話題で盛り上がっているのに、彩子は独り、携帯端末に視線を落としていた。

岸部にメッセージを発信したが、既読が付く気配はなかった。伊佐美が作ったトークルームからは、退会させられていた。

一体どうして、こうなってしまったのか。

立ち振る舞いには気を付けていたはずなのに、何が反感を買ったのか。

思い当たる節《ふし》はない。伊佐美のお気に入りの岸部から、告白されたこと以外は。

(あの時、誰も見ていないのを確認した。だから、私達以外は誰も知らないはずなのに……)

岸部が言いふらす可能性も低かった。彼もまた、伊佐美を警戒しているようだったから。

では、どうして。

彩子は、岸部と別れて帰路につく時に感じた視線を思い出す。

もしあれが、気のせいでなかったら。自分が気付かない場所に、伊佐美が潜んでいたのだとしたら。

(寧ろ、伊佐美以外の誰かが見ていて、伊佐美に報告したのかもしれない。みんな、伊佐美の言いなりだし……)

可能性を考え出したらキリがなかった。今、岸部にメッセージを送っているのだって、誰かが見ているかもしれない。

彩子は周囲を見回す。だが、誰もが自分達の会話に夢中で、彩子のことなんて見ていなかった。

(でも、感じる……)

刺すような視線が、彩子へと向けられている。

またもや、ツンとした磯臭さが鼻を衝いた。ゴミは朝のうちに撤去したが、臭いだけはこびりついたように残っている。

嫌だな、と思いながら彩子が机を見やると、机の中から眼球が二つ、ぎょろりとこちらを見つめていた。

「ひっ……!」

彩子は引きつった声をあげる。

だが、再び机の中を見た時は、教科書とノートしか入っておらず、眼球は見当たらなかった。

幻覚を見るほどショックだったんだろうか。

放課後、彩子は鞄《かばん》に教科書を詰めると、帰路へとつこうとする。隣のクラスから岸部が顔を出したが、彩子の姿を見るなり、そそくさと立ち去って行った。

（どうしてこんなことに……）

ふと、教室の中から視線を感じた。振り返ってみるものの、教室では伊佐美が他の女子達とお喋りに夢中になっているだけだった。

知らん顔をしているだけで、実はこちらを監視しているのかもしれない。そう思った彩子は、足早に帰ろうとした。

「あれ？」

廊下の窓から校門の方を見やると、見知らぬ若い男性が佇《たたず》んでいた。何かを探しているのか、グラウンドや校舎をつぶさに眺めている。

「何だろう……」

不審に思いながら見つめていると、男性と目が合ってしまった。

彩子は慌てて窓から顔を引っ込めると、男性を避けるようにして、図書室へと向かったのであった。

彩子は、図書室で黙々と自習をした後《のち》、すっかり静まり返った校舎の中を歩いていた。

廊下の窓から校門の方を見てみたが、あの男性はいない。ほっと胸を撫《な》で下ろして、今度こそ下校することにした。

だが、その時だった。

（まだ……）

再び、絡《から》みつくような視線を感じた。

唐突に、ひどい磯臭さが鼻を衝く。背筋にはぞくぞくと、嫌な感じが駆け上がってくる。

彩子は、誰もいないはずの教室の方を見やる。すると、扉の隙間《すきま》から、一対の目玉がこちらを覗いているではないか。

「なっ……」

思わず、鞄を落としそうになる。

誰かが覗き見しているなんていう生易《なまやさ》しいものではない。人間の眼球は横に並んでいるはずなのに、その目玉は縦に一列になっていた。

「ひいいっ！」

彩子は走り出した。

その得体の知れない視線から逃《のが》れるように。わけの分からない怪異を拒絶するように。

あの、強い磯の臭いがまとわりつく。まるで、自分自身がゴミにでもなったような気分だ。

こんな無様《ぶざま》な姿も、きっと誰かに見られているのだろう。不用意に目立ってはいけないのに、本当は気にしない素振《そぶ》りを見せなくてはいけないのに、それどころではない。

足をもつれさせながらも、昇降口までやって来た。

下駄箱から靴を取り出そうとしたその時、靴の向こうからぎょろりとした目玉が彩子をねめつけた。お前のどんな姿も、お見通しだと言わんばかりに。

「いや……！」

靴を見捨てて、彩子は上履きのまま昇降口から躍り出た。しかし、足はもつれ、アスファルトの地面に倒れそうになる。

「危ない！」

彩子の身体は、空中で停止した。いや、誰かに支えられていた。

驚いて見てみると、それは、校門にいた男性だった。

「あ、あなたは……」

「大丈夫？」

近くで見た男性は、目鼻立ちが整って凛々《りり》しく、イケメンといっていいほどだった。目には、理性と知性が宿っていたが、その奥に執念《しゅうねん》深さのようなものが見えたような気がして、彩子はちょっとだけ怖いなと思った。

「あの、有り難う御座います……」

彩子は体勢を整えながら、男性に頭を下げる。

「いや、いいんだ。ただ、一つ聞きたいことがあって」

「聞きたいこと、ですか？」

男性は明らかに部外者のようだった。警戒する彩子に、男性は言った。

「牛尾ミチルっていう子、この学校に通っているって聞いたんだけど」

「名前は、聞いたことがあります。確か、三年生の……」

「やっぱり」

男性は、確信に満ちた表情で頷いた。

「あの、あなたは何者なんですか？」

「ああ、ごめん。その——民俗学を研究していてね」

男性は雨宮《あまみや》と名乗った。妙な間があったので、民俗学を研究しているというのは方便なんだな、と彩子は悟った。

「牛尾ミチルっていう子、綿津岬について詳しく知っているようだから、話を聞きたかったんだ」

「そう、なんですか……。私は会ったことがないので、これ以上お役に立てないかと」

「そうか……。目立つ見た目だと思うんだが、心当たりはないかな。つややかな黒髪を、長く伸ばしている子なんだけど」

「あっ……」

反射的に、彩子は思い出した。屋上に独り佇む、美しい黒髪の女子生徒のことを。

「心当たりがあるようだね」

「心当たりっていうのか分からないんですけど……」

「小さなことでもいい。聞かせてくれないか?」

雨宮は、ジャケットの内ポケットから携帯端末を取り出す。ボイスレコーダーを起動させようとしているのだろうか。

それよりも、彩子は気になることがあった。雨宮のジャケットの内側に、白い二つの球体が並んでいる。

(なに、あれ?)

嫌な予感がする。それを直視するなと、もう一人の自分が叫んでいる気がする。

だが、彩子は目をそらせなかった。

それはひとりでに裏返ると、黒い瞳をこちらに向けて来た。

「目が……!」

「えっ？」

「目が、そんなところに！」

彩子は雨宮のジャケットの内側を指さす。

だが、雨宮は不思議そうな顔をするだけだ。彼が着ているジャケットの内側から、目玉が二つ、彩子を見つめているというのに。

もしや、彩子にしか見えていないというのか。

「もしかして、君は……」

「来ないで！」

雨宮が伸ばした手を、彩子は必死になって弾いた。

一刻も早く、雨宮から、いや、目玉の視線から逃れなくては。

彩子は、用務員が使っているロッカーの扉に手をかける。とにかく、何処かに隠れたいという一心で扉を開いた。

その時、ロッカーが木で出来た扉になり、看板が下げられているように見えたが、彩子は勢いのまま、転がり込んだのであった。

ひんやりとした空気が、彩子を包む。

ドアベルを鳴らしながら扉が閉まる瞬間、雨宮は身体をねじ込んだ。

「ここは……？」

彩子は、竹箒《たけぼうき》やホースなどが詰め込まれたロッカーに隠れたはずだった。だが、目の前にあるのは、小ぢんまりとした喫茶店の店内だった。

磯のにおいがするが、まとわりつくような感じはなく、何処か優しさすら感じられた。

「ようこそ、『ニライカナイ』へ」

カウンターの奥に、店主と思《おぼ》しき和装の青年が佇んでいた。

彩子は、思わず言葉を失った。青年は絵画のように美しく、そして、生々しさというものが欠如していた。

「『ニライカナイ』に着いたということは、君はやっぱり、怪異に見舞われていたのか……」

雨宮は、この店と怪現象を知っているようだった。彩子は整理がつかない頭で、何とか問いかける。

「ニライカナイって、ここは彼岸ってこと……？」

「どちらかというと、境界です。さあ、お座り下さい」

店主と思しき青年は、浅葱《あさぎ》と名乗った。

彼は、雨宮にもカウンター席を勧めた。

「あの、これってどういう……」

彩子は雨宮に問う。だが、雨宮は、「先に、君の怪異の原因を探ろう」とやんわりと突っ返した。

「そうだ。眼球が、私のことを監視していて……」

あれは何だったのか。

彩子は咄嗟《とっさ》に雨宮のジャケットの内側を見るが、目玉は見当たらない。絡みつくような奇妙な視線も、感じなくなっている。

心労による幻覚かもしれないと思ったが、雨宮は怪異と言っていた。

ならば、幽霊だか妖怪の類なんだろうか。

困惑する彩子に、浅葱はお茶を淹《い》れてくれた。

「どうぞ。この一杯の代わりに、あなたの怪談をお聞かせ下さい」

「え、ええ……」

彩子は戸惑《とまど》いながらも、浅葱に従うことにした。

お茶に口をつけると、ひんやりとしていたが、優しい味がした。潮と海の幸の香りが、混乱する彩子を包み込んで宥《なだ》めてくれた。

幾分か落ち着いた彩子は、眼球の怪異のことを話し始めた。岸部から告白されたことはプライバシーに関わるなと思って、ぼかして伝えたが。

口に出してみると、滑稽《こっけい》な話だと思った。しかし、浅葱も雨宮も、黙って耳を傾けてくれた。

ひとしきり話し終えると、浅葱は静かに頭を下げる。

「あなたの怪異、頂戴致しました」

「私が見た眼球は、何だったんでしょうか……」

彩子の問いに、浅葱は、ややあって答えた。

「あなたは、人の目を——視線を気にしていたのではないでしょうか」

「確かに……。親の都合で引っ越しが多くて、私は何処に行っても、なかなか馴染《なじ》めなかった。馴染んだ頃には、引っ越ししなきゃいけなかったし。だから、人目は気にしていました。独りにはなりたくなかったから、奇異の目で見られないように、って」

「郷に入っては郷に従え」という言葉があるが、郷に従えば奇異の目で見られることはない。一日でも早く好奇の視線から逃れ、郷に馴染んで輪の中に入れるように、彩子はいつしか、必死に努力するようになった。

「その結果、視線を恐れるようになってしまったのでしょう」

浅葱の言うことは、尤《もっと》もだと彩子は思った。

「怪異は、恐れが具現化したものと言えましょう。あなたが見た眼球は、あなたの悪夢なのです」

「悪……夢？」

それにしては、夢とは思えないリアルさだった。眼球の血走りも、ぬめりも、見ただけで伝わって来るほどだったというのに。

それを話すと、雨宮が口を挟んだ。

「夢は主観で出来ている世界だからな。そもそも、人間の知覚なんて、感じたと思ったものしか届かないんだ。そこに実在しないものも、錯覚によって実在すると誤認することだってある」

「じゃあ、視線が恐ろしい私は、この先も視線に悩まされ続けないといけないんですか……？」

視線を恐れるなという方が無理だ。プライベートなことまで、知って欲しくない人物に筒抜《つつぬ》けだったのだから。

「あなたの根本的な恐れは、視線ではないのでは？」

浅葱が、ぽつりと指摘する。

「視線じゃ、ない？」

「あなたは、独りになることを恐れているように感じます」

そうだ。彩子は孤独を恐れていた。だからこそ、自分に注がれる視線に気を配っていた。

「そう……ですね。私は、ちゃんと輪に入りたい。独りにならないためにも」

「しかし、その輪が本当に、あなたの居場所なのでしょうか？」

浅葱の言葉に、彩子はドキッとした。

伊佐美のグループにいれば、彼女達は仲良くしてくれるし、出掛ける時も一緒に連れて行ってくれる。

しかし、彩子にとっては窮屈《きゅうくつ》だった。

常に、リーダー格である伊佐美の機嫌を取り、和を乱さないようにと本心を押し殺す必要があった。

「視線を気にするあなたでないと、人は惹かれないのでしょうか？」

浅葱に問われ、彩子は岸部のことを思い出す。

彼は隣のクラスで、普段、人の目を気にしながら伊佐美達に話を合わせている彩子を知らない。それなのに、惹かれてくれたではないか。

そんな彩子は、ふと、視線を感じる。ぎょっとして視線の元を見やると、それは、ガラスの湯呑みに注がれたお茶の水面《みなも》にいた。

丸い眼球が一対、じっと彩子を見つめている。

怯《ひる》みそうになる彩子であったが、きゅっと唇を噛《か》んで勇気を振り絞ると、思いっきり睨《にら》み返してやった。

すると、眼球はびくんと震え、お茶の中へと溶けて行った。眼球の代わりに現れたのは、岸部の姿だった。

「岸部君……！」

彼は、伊佐美とその取り巻きに囲まれていた。

伊佐美は鬼の形相で何かを喚《わめ》き散らし、すがるように泣きつき、周囲の女子達が岸部を責めているようだった。

「もしかして、こんなことがあったから……」

誰かに、岸部が彩子に告白をしていたところを見られていたというのは、怪異でも何でもなく、事実だったのだろう。

告白を知った伊佐美が岸部に強く働きかけ、結果的に、岸部は彩子を避けざるを得ない状況になったのではないだろうか。

「……彼に、迷惑をかけちゃったな」

罪悪感で胸が痛む。気付いた時には、お茶の水面は静まり返っていた。

「退《ひ》くか押すかは、あなた次第です」

全てを見通したように、浅葱は言った。

「でも、押したら岸部君の迷惑になるんじゃあ……」

「それがあなたの結論ならば、退けばいいのではないでしょうか」

浅葱は飽くまでも、静かで淡々としていた。しかしそれは、一定のリズムで打ち寄せる波のように心地よく、彩子は自らに何度も問いかけた。

岸部の迷惑になるかもしれない。しかし、これで退いたら、勇気を振り絞って告白してくれた岸部に失礼なのではないだろうか。

それに自分は、岸部とビーチコーミングに行って、シーグラスを拾いたい。彼がどんなシーグラスが好みなのかを聞きたかったし、彼の自慢のコレクションも見せて貰《もら》いたかった。

「負けるもんか。私は、戦います」

彩子は意を決して、正面を見つめる。その先にある未来に向かって。

するとその瞬間、彩子の胸から光り輝く蝶々《ちょうちょう》がふわりと現れ宙に舞う。蝶々は、羽ばたく度《たび》に光の鱗粉《りんぷん》を舞わせていた。

綺麗だな、と思って見ていると、あっという間に虚空《こくう》に溶けてしまう。

「今のは……」

何だったのか分からない。しかし、彩子の胸はスッとしていた。

「悪夢が、晴れたようですね」

そう言った浅葱は、ほのかに微笑んでいるようだった。彩子はお礼を言いながら、残ったお茶を飲み干したのであった。

彩子は雨宮と共に、喫茶店『ニライカナイ』を後にする。

出口の扉から出ると、すっかり夕方になっていて、部活動が終わった生徒達が帰路につくところだった。彩子は振り返るが、そこには見慣れたロッカーがあるだけだった。

「どういうことなの？」

彩子はロッカーをペタペタと触る。恐る恐る開けてみるが、やはり、用務員が使う竹箒やホースが詰め込まれているだけだった。

「『ニライカナイ』は、綿津岬の何処からも通じている、何処でもない場所だ。浅葱は、綿津岬の怪異に悩まされている人達を、ああやって救っているんだ」

雨宮が説明してくれたが、彩子は納得したようなそうでないような、フワフワした気持ちだった。

腑《ふ》に落ちるには、時間がかかりそうだ。

唯一覚えているのは、表情が乏《とぼ》しい浅葱は、何処か思い詰めたような顔をしていたということくらいか。

「雨宮さんは、浅葱さんとお知り合いなんですか……？」

「ああ。浅葱はあの場所から解放されたがっている。だから、それを叶《かな》えてやりたいんだ」

雨宮もまた、浅葱に救われた者の一人だという。雨宮の瞳の奥に感じた執念は、浅葱を救済したいという気持ちの表れなのだろうか。

浅葱の願いを叶えるために、牛尾ミチルと会う必要があるらしい。浅葱は綿津岬の秘密と深く関係しているので、牛尾ミチルの知恵が欲しいのだという。

「分かりました」

彩子は決意と共に、頷いてみせる。

「私、牛尾先輩と話せないか探ってみますね。私も、浅葱さんに助けて貰ったし」

「有り難う。助かるよ」

彩子は雨宮と連絡先を交換する。

そんなところを誰かに見られている気がしたが、彩子にはもう、どうでもよかった。

誤解があるなら正せばいい。誤ったことをしていたら省《かえり》みればいい。人の目を気にしたところで、いい結果になるとは限らないのだから。

空は、いつの間にか晴れていた。夕日色に染まった空が、吹っ切れた彩子のことを祝福しているように見えたのであった。

第九話

牛尾《うしお》家の長女

た。

雨宮《あまみや》が神谷彩子《かみやあやこ》と会う、少し前の話だ。

雨宮の住むアパートが火事になり、部屋はほとんどが焼けてしまった。消防署の調査によると出火の場所は台所とのことだが、火種は不明とのことだった。

果たして、本当だろうか。

もし、調査した消防署の職員が綿津岬《わたつみさき》の人間だったら。もし、自治会の息がかかっていたとしたら。その前に、誰かが現場に入り込んで証拠を隠滅していたとしたら。

考え出したらキリがない。

真っ黒になった台所を見つめ、雨宮は疑念をぐるぐると巡らせていた。

そんな彼に、大家は心底悲しそうな顔で歩み寄った。

「私がもっと早くに気がつけば、こんなことにならなかったのに……」

「いえ、そんな……」

「それにしても、よく目が覚めましたね」

大家の瞳の中に、好奇心が窺《うかが》えた。「夢を、見たので」と雨宮は答える。

「夢ですか？」

「ええ。家が火事になっていると、大切な人が教えてくれる夢です」

「はあ」

大家は腑《ふ》に落ちない表情だった。そこは、安堵《あんど》すべきところではないかと、雨宮は心の中で呟《つぶや》いた。

「大切な人とは、どんな方です？」

「どんなって？」

「ほら、ご両親とか恋人とか」

「ああ……」

そう言えば、自分にとって浅葱《あさぎ》はどんな存在なのか。

恩人なのは確実だが、雨宮はそれ以上のものを感じていた。

ふと、浅葱の蝶々《ちょうちょう》が飛び込んだ胸に手を当てる。彼と或る程度コミュニケーションが取れるようになってから、確かな繋《つな》がりを実感していた。

「友人、ですかね」

「成程《なるほど》。その方も、綿津岬にお住まいで？」

「そうとも言えるし、そうとは言えないです」

雨宮はそう答えた。「ははあ、なぞなぞですか」と、大家は朗《ほが》らかに応じた。しかし、もどかしそうな声色《こわいろ》だなと雨宮は察していた。

火災保険が下りることになり、大家はアパートを直すまで別の住まいを紹介すると申し出た。

近所にあるとか、家賃は破格だと勧めてくれたが、雨宮は大家の紹介を受ける気になれなかった。

「それで、俺のところに来る流れになったんですね」

日向《ひゅうが》は、マンションの一室である自分の家に、雨宮を案内する。

日がすっかり沈み、綿津岬は夜の帳《とばり》に包まれる時間だった。

「すいません。日向さんもお忙しいのに」

「なぁに、いいんですよ。俺は遅い時間にならないと家に帰れないので、誰かいてくれた方が家も寂しくないだろうし」

寝るために帰るだけなので、と日向は乾いた笑いを浮かべた。

日向が住んでいるのは、二丁目の一角で、すぐ近くの通りを渡れば三丁目だった。

三丁目は新しい建物が目立ち、綿津岬の外からやって来た人間も多い。そのせいか、あの磯臭《いそくさ》さは薄くなっているようにも思えた。

「おお……、広いですね」

ドアを開ければ、ダイニングキッチンが二人を迎えた。どうやら他に二部屋あるらしく、日向は片方を寝室にしているそうだ。

「この物件、ちょっと古いから安いんですよ。なんと、隙間風《すきまかぜ》が完備されているんです」

日向は何故《なぜ》か、自慢げに説明する。

「……隙間風が吹くのはどちらですか？　自分は、吹く方に行くので」

「いやー。両方の部屋が隙間風エリアなんですよねぇ」

日向はヘラヘラと笑う。最早《もはや》、開き直った者の笑顔だ。

「こんな古い家、彼女を呼ぶことなんて出来ないし、持て余していたんですよ。いやはや、雨宮さんが転がり込んでくれてよかった」

「日向さんに、恋人が？」

「えっ、いないですよ？」

日向はあっけらかんとした顔で返した。

「いや、でも、彼女を呼ぶって……」

「仮定の話ですよ。もし、彼女が出来たらって話です。って言っても、出版社に勤めている以上、無理そうですけどね……」

忙し過ぎて、と日向の目が泳ぐ。

「編集者だと、出会いは多そうですが……」

担当作家と結婚した編集者の話を、雨宮は思い出す。だが、日向は両手でバツマークを作った。

「ダメです、ダメ！　編集者として出会う人達は、ビジネスパートナーですから！　合コンじゃないんですよ！」

「ああ、そうでしたね。……すいません」

雨宮は素直に失言を謝罪するが、「アイドルのインタビューの仕事でワンチャンないかと思ったけど」という日向の呟きは聞き逃《のが》さなかった。

「まあいいや。今日は雨宮さんが来てくれたことを祝って、朝まで飲みましょうか」

「日向さん、明日も仕事では……」

「やだなぁ。寝過ごしそうになっても、雨宮さんが起こしてくれるじゃないですか」

日向は、雨宮の背中をポンポンと叩く。二人とも寝過ごす可能性が頭を過《よぎ》ったので、雨宮はほどほどに飲もうと決意した。

日向の家は、ところどころに紙の束と本が積み重なっていることを除けば、かなり片付いている方だった。ゴミはきっちりと分別して、ちゃんと収集日に出しているとのことだ。また、食事は自炊する時間がないので、ほとんど外食か買って帰るかだという。

日向が書斎として使っていた部屋の机を寝室に移動させると、窓が一つある四畳半の和室が現れた。窓はちゃんと閉まっているのに、窓枠の辺りに手を添えると、生暖かい風が手を撫《な》でた。

「ほら、風を感じるでしょ？」

「ああ……。冬は冷えそうですね……」

「春は、爽《さわ》やかだったんですけどね」

日向は、雨宮に合鍵を渡しながら苦笑する。

「そうだ。机、どうします？　折り畳みのちゃぶ台がありますけど、使います？」

「そうですね。焼けてしまったので……」

雨宮は、日向の厚意に甘えることにした。それほど使っていないというちゃぶ台と、実家の母親が送ってくれたが余らせているという座布団を借りた。

「必要な家具は、ガンガン入れちゃっていいですからね。ここ、ルームシェアはオッケーですし、新しい家が見つかるまでと言わず、そのまま暮らしてくれても」

日向の快い歓迎が、雨宮にとって有り難かった。家賃はきっちりと折半《せっぱん》することになっていたので、負い目を感じることもなかった。

日向は、何かないかと冷蔵庫に顔を突っ込みながら言う。

「俺はちょっと、独り暮らしは寂しくて。正直言って、ルームシェアは大歓迎なんですよね。雨宮さんは、ちゃんとしていそうだし」

「それに、安全だから」

雨宮がぽつりと呟いた言葉に、日向は顔を上げた。

「一人では危険だと、思ったので」

「……ちょっと待って下さい。今、酒とつまみを持って行くんで」

日向は、二本の缶ビールと燻製《くんせい》を、ダイニングテーブルの上に置く。

部屋を整えていた雨宮も作業を中断し、ダイニングへとやって来た。

缶ビールで乾杯し、仮のルームシェアの始まりを祝福しながら、話を再開した。

「やっぱり、うちに来たのは身の危険を感じてのことだったんですね」

日向の問いに、「ええ」と雨宮は缶ビールに口をつけながら頷《うなず》いた。

「火をつけたのは大家か、その知り合いだと思っているんです。自分が、牛尾家について尋ねたから……」

地図を用意すると言ったのも、油断させるためかもしれないと雨宮は思っていた。その証拠に、火事があってからは、大家は牛尾家の件を口にすることはなかった。

「漣《さざなみ》さんはオッケーで牛尾家は駄目だったんですね。これは、ますます危ない気がしますよ」

牛尾家は、と言って日向は身を固くした。

「大家さんは地図を用意するって言って雨宮さんを穏便に帰し、その後、自治会にチクったんですかね。それで、口封じをした方がいいと自治会が判断したってところかな……」

綿津岬に暗躍する存在、それが、自治会だ。彼らは牛尾家に従っているようで、当然、ミチルとも繋がっているだろう。

「逆に、自治会と接触するとか」

日向は、これだと言わんばかりに提案する。だが、雨宮は首を横に振った。

「自分と一ノ瀬《いちのせ》さんを、ワゴン車で轢《ひ》こうっていう連中ですよ？　近づいたらどうなるか、分かったもんじゃない」

「うーん。『虎穴《こけつ》に入らずんば虎子《こじ》を得ず』っていうんで、どうかと思ったんですけど……。まあ、やっぱり避けた方がいいか……」

日向は燻製を嚙《か》み締めながら、苦い顔をした。

「綿津岬の人間は、牛尾家の秘密を探られまいとしているのかもしれない。漣家のような分家はともかく、牛尾家は特別っていう……」

雨宮は、今まであったことを手帳に書いて整理する。

もし、大家が雨宮のことを密告したのが本当だとしたら、綿津岬の人間に牛尾家について聞くだけでもタブーになってしまう。

そうなると、打つ手はなかった。

「ミチルって子、高校生くらいでしたよね」

祭りの時の記憶を手繰《たぐ》り寄せる日向に、「ええ」と雨宮は頷いた。

「だったら、高校に通ってないんですかね」

「うーん」

あのミステリアスな少女と高校が、結びつかなかった。彼女はあまりにも現実離れしていて、どちらかというと、浅葱に近い存在のように思えた。

だが、牛尾家ほど力がある家の長女が学校に行かないとなると、世間との折り合いも悪いのではないだろうか。

それに、学校は村社会のように閉鎖的な場所でもある。外部の人間は、自由に入ることが出来ない。

雨宮は、携帯端末の画面に指を滑らせる。

「綿津岬には、高校が一つある」

「行ってみます？」

「そうですね。ただし、自分一人で行きます」

雨宮の言葉に、日向は「どうして」と目を丸くした。

「一人は危険だって、言ったばかりじゃないですか」

「それはそうなんですけど、高校側からしてみれば、大人の男二人がいきなり乗り込む方が不審に思われるので……」

「はっ、確かに！」

それこそ、多感な女子高校生にとって、見ず知らずの成人男性は脅威《きょうい》だろう。彼女達を驚かせてはいけないということで、雨宮だけが調査に行くことになった。

「まあ、一人でも不審者であることには変わりないんですが……」

雨宮は、中身が少なくなった缶ビールに視線を落とす。

「一ノ瀬さんの力は、借りられませんかね」

「彼女を、あまり危険な目に遭《あ》わせたくないので」

「確かに……」

日向は両手で顔を覆《おお》う。

「自分が行って、どうにもならなそうならば、彼女に頼みましょう。その時は、姿を隠しながら護衛をするということで」

「ラジャー！」

日向は、雨宮の案に賛成するように敬礼をしてみせた。

ミチルと接触出来れば、綿津岬の謎にぐっと迫ることが出来る。藁《わら》をも摑《つか》む思いで雨宮は高校に赴《おもむ》くことになったが、彼が摑んだのは、藁ではなく安定した木舟であった。

こうして雨宮は、神谷彩子という少女に出会った。

生徒が散り散りになり、接触し易《やす》くなった放課後を狙《ねら》って敷地内に踏み込み、やや垢抜《あかぬ》けている生徒を選んで聞き取りをしている時に、彼女と出会った。

垢抜けている生徒に絞《しぼ》っていたのは、綿津岬に染まり切っていない生徒と接触したかったからだ。綿津岬と深く関わりがある生徒の方が、雨宮が欲している情報を持っている可能性が高かったが、情報を隠蔽《いんぺい》された上に自治会に通報される可能性も高かった。

そんな中、引っ越してきたばかりだという彩子と接触出来たのは幸いだった。

彼女は怪異に襲われていたが、『ニライカナイ』に導かれ、浅葱のもてなしを受けることが出来た。

そして、憑《つ》き物が落ちた彼女は、雨宮に協力すると言ってくれたのである。

数日後、アルバイト中の雨宮は、彩子からの連絡を受け取った。

レジカウンターの内側から、店内に客がいないのを確認すると、携帯端末に送られてきたメッセージを確認する。

「ミチルの居場所が、分かった……？」

彩子のメッセージによると、ミチルは決まった時刻に高校の屋上へやって来るのだという。授業中の或る時刻と、放課後である。そして、屋上から運河の方を見つめると、去って行くのだという。

メッセージには、彩子がミチルの後ろ姿を見た時刻が、詳しく書かれていた。

「雨宮さん、どうしたんですか？」

品出しを終えた一ノ瀬が、首を傾《かし》げながらやって来た。雨宮は声を潜《ひそ》めつつ、簡単に説明した。

「浅葱に一歩、近づけそうです」

「えっ、本当ですか？」

一ノ瀬は小声で話しつつも、目を輝かせた。

「明日、情報を握っていそうな人物に会って来ます」

「その、危険なことはしないで下さいね？」

一ノ瀬の表情は、浅葱の情報への期待感と、雨宮に対する心配でないまぜになっていた。

「まあ、多少のリスクは仕方がないですよ。一先《ひとま》ずは、五体満足で戻れるようにします。自分がシフトから抜けると、一ノ瀬さんに負担がかかるので」

雨宮は、一ノ瀬を安心させようと冗談交じりで言った。しかし、一ノ瀬は苦笑を漏《も》らすばかりだった。

「負担だなんて、別にいいのに。浅葱さんのことで役に立てるならば、私がここにいる意味が、少しは誇らしいものになれるのかなって」

「一ノ瀬さん……」

一ノ瀬は、経済的な理由で綿津岬から離れることが出来ない。彼女もまた、浅葱のようにこの地に縛《しば》られているとも言えるだろう。

「……分かりました。自分に万が一のことがあった時には、シフトは一ノ瀬さんにフォローして貰《もら》うつもりで行きます。その方が、背中が頼もしいので」

それでも、無理はしないようにする。そう約束すると、一ノ瀬は満足そうに微笑《ほほえ》んだ。

「実は、今日も無事に出勤されるか心配だったんです」

「今日も？」

雨宮が首を傾げると、一ノ瀬は躊躇《ためら》うような素振《そぶ》りを見せてから、小声でこう言った。

「……昨日、雨宮さんが帰った直後に、お客さんに雨宮さんのことを聞かれたんですよ」

「昨日？」

雨宮は、深夜のシフトに入っていた。早朝のシフトに入っていた一ノ瀬とは、ほとんど入れ違いだった。そのタイミングで、奇妙な客が来たのだという。

「あの時間帯って、お客さんも従業員もほとんどいないじゃないですか。だから、ちょっと怖くって」

「どんなことを聞かれたんです？」

「ただ一言、『あの雨宮さんって人はいないのかい？』って」

初老の男性だったという。作業着を身にまとい、帽子を目深《まぶか》に被《かぶ》っていたそうだ。

「……名指しだったんですか」

「はい……」

まずいな、と雨宮は心の中で呻《うめ》く。

自分は完全にマークされている。尾行に気を付けながら帰宅しているものの、日向の住まいを特定されるのは時間の問題だろう。

その前に、綿津岬と浅葱の謎を解き、浅葱を解放してやらなくては。

「因《ちな》みに、一ノ瀬さんはどう対応したんですか？」

雨宮の問いに、一ノ瀬は少し得意げな顔をした。

「二日酔いで寝不足のふりをしました。意識が朦朧《もうろう》として立っているのもやっとだって言ったら、そのお客さん、何も言わずに帰って行きましたよ」

「誤魔化《ごまか》してくれたんですね。有り難う御座います」

「都合が悪いことがあったら、酔っ払っているかボケたふりをすればいいって、大学の先生が言っていたので」

「いや、それはどうかと……」

任せてくれと言わんばかりに力こぶを作る一ノ瀬に、雨宮は眉間《みけん》を揉《も》んだ。今度は、一ノ瀬の世間体《せけんてい》が心配になってきた。

一ノ瀬が酔っ払いの大学生だという噂《うわさ》が広まる前に、何としても解決しなくては。

雨宮は決意を新たに、彩子へ返信をしたのであった。

彩子とは、学校の外で待ち合わせをすることになった。

校内だと人目があるので、妙な噂が広がるかもしれないとのことだった。彩子は自分よりも、雨宮の身を案じているようだった。

「有り難う、協力してくれて」

雨宮は、高校の近くのファストフード店で待っていた彩子に礼を言った。

「別に、大したことはしてませんよ」

彩子は肩を竦《すく》めた。大人しそうな一ノ瀬に比べて、彩子はずいぶんと勝ち気そうだな、と雨宮は思った。

眉《まゆ》がきりりとした、理知的な美人だ。ナチュラルボブがよく似合っていて、制服のブレザーを着ていなければ未成年だと分からないほど大人びている。声もよく通るし、クラスでは一目置かれていそうだ。

そんな彼女は、整った眉をひそめてこう言った。

「それに、私もちょっと、この街のことを知りたくて」

「今の俺が持っている情報は限られているけど、それでもよければ教えよう」

彩子は待っている間に注文していた炭酸飲料を飲み干すと、こう言った。

「なんかこの街、不気味なんですよね。都心にあるっていうのに、妙に田舎っぽいっていうか。その、悪い意味で」

彩子の言いたいことは、何となく分かった。排他的な住民のことを指しているのだろう。

「クラスメートの中で、目立つ子が一人いるんです。彼女だけが一丁目から通ってて、女子はみんな彼女の言いなりだし、男子は腫《は》れ物に触るような態度なんですよね」

「一丁目は、古くから綿津岬にいる人達しか住めないらしい」

「それも聞きました。だから、綿津岬の魚が一丁目の人達に回されるんですかね。ここで獲れる魚、あんまり美味《おい》しそうじゃないのに……」

「綿津岬の魚が、一丁目に？」

雨宮が尋ねると、彩子は「隣のクラスの子が、そう言ってたんですよ」と答えた。

雨宮も、綿津岬で獲れた魚を見たことがある。しかし、やけに太っていて、目が濁《にご》った魚しかいなかった。それに、どれも今まで見たことがある魚とは違うような、歪《いびつ》な形をしているようにも見えた。

「あれを食べるのは、願い下げだな……」

「ですよね……。伊佐美は食べてたのかな……」

でももう、聞けないし、と彩子はうつむく。彼女は一丁目から通っているリーダー的な女子の不興を買い、クラスでは仲間外れになっていた。彼女はずっと、いないものとして扱われているという。

「……学校、辛《つら》そうだな」

雨宮が気遣いを向けると、「平気です」と彩子は紙コップを潰《つぶ》しながら言った。

「もう、吹っ切れました。正直、面白くない話題に笑顔を作りながら耳を傾けるのって、苦痛だったんですよね。それがなくなったので、ストレスが減りましたし」

彩子はにやりと笑う。

どうやら、虚勢を張っているわけではないらしい。真《ま》っ青《さお》な顔で怪異から逃げていた時とは別人のようで、雨宮は改めて、浅葱の影響力の強さを実感した。

「その、この件以外にも、自分に出来ることがあったら連絡してくれ。愚痴《ぐち》を聞くだけでもいいし」

「おや、雨宮さん。そんなに女子高校生に優しくして、どうしたいんですか？」

彩子は、雨宮の脇腹を肘《ひじ》でつつく。

「ど、どうって？」

誤解でもさせてしまったかと、雨宮は慌てる。しかし、彩子は悪戯《いたずら》っぽく吹き出した。

「ふふっ、雨宮さんは不埒《ふらち》な考えとは無縁そうですね。すごく真《ま》っ直《す》ぐな人って感じ」

「……大人をからかわないでくれ」

雨宮は深い溜息《ためいき》を吐《つ》いた。

女性は難しい存在だと思ったが、彩子ほど年が離れていると更に顕著《けんちょ》だ。異性と付き合える人間は凄《すご》いな、と心の中でぼやく。

「愚痴はともかく、男性のことは知りたいですね」

「いや、もうからかうのは勘弁してくれ」

「違います！　誤解ですから！」

雨宮に意味深に捉《とら》えられたと悟った彩子は、慌てて首を横に振った。

「男心のことですよ。さっき話した隣のクラスの子と、気まずくなってからちゃんと話せないままなんです。会いに行こうとしても、罪悪感に駆られたような顔をして逃げちゃうし、最近では、私の視界に入らないようにしているようで……」

「また、気軽に話せるような仲になりたいってことか」

「そうですね。シーグラスを取りに行く約束をしてるんです。彼と一緒に、綿津岬ではない海に行きたいんですよ」

「そうか。青春だな」

雨宮は思わず、顔を綻《ほころ》ばせる。恋のキューピッドとなれるなら、いくらでも力を貸したいと思った。

「まあ、男心は後回しでもいいんですけどね。今は、牛尾先輩のことを考えないと」

彩子は携帯端末の時計を見やると、席を立った。

「ああ。そろそろ時間か」

「うちの高校、ちょっとした抜け道があるので案内しますよ」

正面から行くと先生に警戒されそうだし、と彩子は言った。雨宮も、その意見に賛成だった。

だが、その時である。

若者で賑《にぎ》わうファストフード店に、作業服を着た男性が数人、無遠慮に入って来たのは。

「……まさか」

彼らは、帽子を目深に被り、注文カウンターに向かうでもなく、店内を見回している。

「姿勢を低くして」

雨宮は、彩子に耳打ちをする。

「ど、どうしたんですか？」と、雨宮に従いながら彩子は尋ねた。

「危険な連中かも。別の出口から出よう」

雨宮も姿勢を低くしながら、彩子と共に反対側にある目立たない出口へと向かった。

背中越しに、視線を感じる。

しかし、気付かないふりをしなくてはいけない。関係ない顔をしなくてはいけない。振り返らず、ファストフード店から脱出するのだ。

若者達のざわめきにまじって、足音が近づいて来た。雨宮は彩子と共に足早にファストフード店から出て、手近な交差点の角を曲がる。

「危険な連中って……」

「綿津岬は牛尾家が牛耳《ぎゅうじ》っている。そして、その手足とも言える自治会というのが存在しているんだ。自分は、海神《わたつみ》神社の社殿《しゃでん》を探ってから、目を付けられるようになった」

「おお……。雨宮さん、物静かそうな見た目なのに、大胆ですね……」

彩子は感心しながらも、雨宮を先導するように高校へと足を向けた。

「でも、牛尾家と自治会が繋がっていて、雨宮さんがそれに追われているなら、牛尾先輩と会っても大変な目に遭うだけでは……」

「ミチル一人ならば問題ない。いかに敵意を持たれていようと、人間一人でやれることには限界があるからな」

「成程」

彩子は腑に落ちたようだった。

屋上にいる時、ミチルは一人だった。

彼女の周りに取り巻きがいれば、どうなるか分かったものではない。しかし、そうでなければ話し合いの余地がある。

「それにミチルは、立ち振る舞いに気を付ければ情報をくれるとも言ってくれた。一度は取引をチラつかせたんだ。そんな彼女が、むやみに俺を狙うとは思えない」

ミチルと自治会は繋がっている。しかし、自治会の今の動きは、ミチルの意思とは違うのではないかと雨宮は思っていた。

「それじゃあ、他の誰かが……」

「恐らく、自治会自体が、俺のことをよく思っていないんじゃないかと」

雨宮は彩子と共に、足早に高校へと向かった。

住宅街や商店街の向こうに、聳《そび》えるようにしてコの字型の校舎が見える。雨宮が屋上に目を凝《こ》らしてみると、潮風になびく黒髪が見えた。

「いた……！」

間違いない。ミチルだ。

美しい黒髪をなびかせて、あの少女が屋上に佇《たたず》んでいる。

運河を見つめているようだが、表情はよく見えない。しかし、雨宮は彼女の佇まいに、憂《うれ》いのようなものを感じ取った。

「とにかく急がないと。特定の時間に屋上にいること以外、何も分からなかったんですよ。三年生だっていうのは知ってるんですけど、何処《どこ》のクラスでもないみたいで」

「何処のクラスでもない？」

「そうなんです。クラス別の名簿に載ってないんですよ」

そんなことがあるだろうか。だが、彩子が嘘《うそ》を言っているようにも、うっかり調べ漏らしているようにも思えなかった。

高校に通っているというのに、何処のクラスに所属しているのか、授業に出ているのかすら分からない。

幽霊のように、実体が掴めなかった。

「次の角を右です！」

住宅街の交差点までやって来て、彩子は雨宮を誘導する。雨宮もまた、「分かった」と右折するが、その先で、ぎょっとした。

閑静《かんせい》な住宅街の路肩に、見覚えがある白いワゴン車が停まっていたのである。かつて、雨宮と一ノ瀬を轢き殺そうとした車両が、音もなく佇んでいた。

「こっちは……まずい」

雨宮は彩子に警告しようと振り返る。だが、そんな彩子の背後で、金属バットを振るう者がいた。

「伏せろ！」

雨宮は、咄嗟《とっさ》に彩子を庇《かば》う。避け損ねた金属バットが肩に打ち付けられ、嫌な音がした。

「雨宮さん！」

「逃げるんだ……！」

激痛でうずくまる雨宮に、彩子はすがりつく。しかし、金属バットを手にした作業服の男は、そんな彩子を荒々しく引き剝《は》がす。

「どけ。こいつは、我々自治会が処分する」

しわがれた声だった。帽子を目深に被っていて年齢は分かり難《にく》いが、初老の男だった。しかし、ファストフード店にやって来た男とは体型が違う。作業服の男は、複数いるらしい。

「処分とは、ずいぶん物騒な物言いだな」

じくじくと痛む肩を押さえながら、雨宮は挑発的に言った。彩子が逃げるまで、出来るだけ時間を稼ぎたかった。

「聖域を犯し、あまつさえ、綿津岬の秘密を暴《あば》こうなど、言語道断《ごんごどうだん》」

「俺は、恩人の願いを叶《かな》える手段を知りたいだけだ」

「恩人、だと？」

「そのために、ミチルと話したい」

「貴様、あのお方を呼び捨てにするとは！」

作業服の男は突如として激昂《げきこう》すると、金属バットを高々と振り上げた。

「なっ……」

思わぬ反応に雨宮の判断が遅れ、金属バットは顔面に迫り——。

「オラァ！」

作業服の男の背後から、歩道に飾られていたプランターが振り下ろされる。

凄《すさ》まじい音と、「んごっ！」という悲鳴と共に、プラスチックのプランターは壊れ、土と共に作業服の男が地面に倒れた。

「雨宮さん、大丈夫でしたか⁉」

プランター攻撃をしたのは、彩子だった。彼女は息を切らしながら、肩を押さえる雨宮に手を貸す。

「あ、有り難う……。その……」

「お礼はいいんです。早く行きましょう！」

彩子は力強い笑顔を見せる。雨宮は、男の怪我《けが》が気になったものの、今は後回しにすることにした。

今はただ、ミチルに会わなくてはいけないのだから。

だが、停まっているワゴン車のドアが開き、中から、数人の作業服の男達がぬっと顔を出した。彼らは皆、面が割れるのを避けるかのように帽子を被っていたが、その下から雨宮に敵意を向けているのは、容易に知れた。

「くっ……」

雨宮は呻く。

男達は無言で、雨宮と彩子の行く手を阻《はば》んだ。彼らの手には、バットやゴルフクラブが握られており、穏やかな様子ではなかった。

「別の道があります！」

彩子は交差点を後戻りしようとする。

だが、その行く先も、同じような作業服の男達が阻んだ。彼らは、ファストフード店で雨宮を探していた者達だった。

「くそっ」

完全に、挟まれてしまった。

雨宮は彩子を背中で庇うようにして、彼らと相対した。どうにかして突破出来ないかと視線を巡らせるものの、彼らに隙は見当たらなかった。

内心で舌打ちをしながら、高校の屋上を見やる。すると、あの烏羽玉《うばたま》の黒髪は、見えなくなっていた。

る。

「しまった……」

ミチルが屋上にいる時間に間に合わなかったのか。状況はいよいよ、絶望的にな
そんな中、作業服の男のうちの一人が、自治会のメンバーをぐるりと眺めてから、こう言った。

「やれ」

顎《あご》で指図された作業服の男達は、無表情で無言のまま雨宮達を取り囲む。まるで、群れになった魚のように、一つの塊になって雨宮達を襲おうとした。

「雨宮さん……！」

彩子が悲鳴をあげる中、雨宮は叫んだ。

「ミチル、頼む！」

既に姿が見えない彼女に向けて、ありったけの声をあげる。綿津岬の濁った潮風が、彼女に僅《わず》かでも声を届けてくれることを期待して。

「話をさせてくれ！　君にどうしても、聞きたいことがあるんだ！」

ミチルの名を叫んだ瞬間、男達の殺意が剝《む》き出しになるのを感じた。

しかし、そんな状況を塗り潰すかのように、空気が変わった。

振り下ろされそうになった数々の凶器が、ぴたりと止まる。男達は皆、或る方角

を向いて固まっていた。

雨宮もまた、恐る恐るそちらを見やる。

すると、彼が熱望していた、烏羽玉の黒髪の少女がそこにいた。

「久しぶりね」

水のように透き通っていて、氷のように冷ややかで、海のように底の見えない声が、雨宮の耳をくすぐる。

「牛尾先輩……」

彩子は、ごくりと固唾《かたず》を呑《の》んだ。雨宮もまた、現実離れした美貌《びぼう》の少女を前に、挨拶《あいさつ》を返すことも忘れていた。

だが、ミチルは気にせず、自治会の男達を見渡す。

「彼らは、私の客人でしょう？」

「し、しかし……」と、メンバーに指示を出した男が戸惑《とまど》う。

「彼らをどうするかは、私が決める。だから、お前達は退《ひ》きなさい」

「まさか、お一人でお話を？　そいつは危険です！　我らの誰かを連れて行って下さい！」

男は地面に膝《ひざ》をつき、ミチルに懇願した。

しかし、ミチルは彼を一瞥《いちべつ》しただけだった。

「お前は、私の言うことが聞けないの？」

とても少女のものとは思えない、冷たくも鋭い声が男を貫いた。

「い、いえ……」と男はかすれた声で答え、自治会のメンバーを下がらせる。

「ここでは話し難いわね。折角だし、学校の屋上に行きましょう。そこでの謁見《えっけん》を、望んでいたのでしょう？」

ミチルは、雨宮達に向かって柔らかく微笑む。

雨宮と彩子は顔を見合わせると、神妙な面持《おもも》ちで頷いたのであった。

ミチルは優雅で、美しい少女だった。

長い黒髪をなびかせて歩くだけで、周囲の目を惹《ひ》いた。

だが、ほとんどの生徒や教員は、彼女に目を向けるのは見惚《みと》れた一瞬だけで、次の瞬間には、恐れ多いと言わんばかりに目を伏せる。

雨宮も、その気持ちがよく分かった。

彼女の毛先から指先、そしてつま先に至るまで、威厳に満ちていたのだ。

海中に存在する楽園——竜宮城《りゅうぐうじょう》の主《あるじ》だと言われても納得が出来るし、綿津岬の支配者だと言われても信じることが出来てしまう。

そんな彼女に、駆け引きは不要だと思った。

寧《むし》ろ、駆け引きをするほどの力は持ち合わせていない。雨宮は、自分の力不足を実感していた。

「そう。あなた達と『ニライカナイ』に、そんなことがあったのね」

屋上から見える運河を背に、ミチルは雨宮の話を聞いていた。

「俺は、浅葱を解放したい。君だったら、その方法を知っているんじゃないかと思って」

「あなたの立ち振る舞いは、褒《ほ》められたものではなかったけれど」

ミチルは、チクリと雨宮に皮肉を告げる。社殿のこともつぶさに調べようとしていたところを見られていたし、反論は出来なかった。

「でも、あなたは有益な情報をくれた。感謝をするし、その見返りもあげる」

「有益な情報？」

「『ニライカナイ』の話を聞いた時、よもやと思ったのだけれど、どうやら、当たりのようね」

ミチルは、美しい眉間に皺《しわ》を刻んだ。

「君は、何を知っているんだ……」

嫌な予感がする。

聞きたくない、と思っている自分がいた。しかし、聞かなくてはいけない、と己《おのれ》を奮い立たせた。

「結論から話しましょう。浅葱と呼ばれる者が解放されると、綿津岬が滅びるわ」

「えっ……！」

雨宮と、黙って話を聞いていた彩子が言葉を詰まらせる。

しかし、ミチルは二度も言わなかった。彼らが耳にした衝撃的な話を肯定するかのように、沈黙を返す。

（どういうことだ……？　浅葱がいなくなったら、綿津岬が滅びる……？）

では、雨宮がやろうとしていることは、綿津岬を滅ぼそうとしているということではないか。自治会の男が言っていた、雨宮が危険だというのは、あながち、的外れではなかったということか。

「私が定期的にここを訪れているのは、定点観測のためよ。ここは、綿津岬全体がよく見えるから」

ミチルは、眼下に広がる綿津岬の街を見やる。

運河の手前には、こんもりと繁った木々が見える。恐らく、海神神社がそこにあるのだろう。

「綿津岬が滅びるなんて、冗談……だろう？」

だから、浅葱は『ニライカナイ』から出てはいけないと言っていたのか。そう考えれば、彼の葛藤《かっとう》も説明がつく。

ミチルは、雨宮の問いかけに答えないまま、その場を後にしようとする。彼女が横切ると、ふわりと磯の香りがした。

「ここで話せるのは、これが限界ね。詳しい話は、海神神社でするわ。日時の指定は、後ほど。連絡は、可愛い後輩である彼女にすればいいかしら？」

ミチルは彩子に視線をやる。彩子は完全に気圧《けお》されながら、「アッ、ハイ！」と応じた。

雨宮は、返事をすることを忘れていた。

浅葱の願いを叶えたいという想いが、まさか、綿津岬の破滅を招くことになるなんて。

ミチルが立ち去った後も、雨宮はその場に立ち尽くしていた。

生ぬるい潮風が、彼の前髪を悪戯に撫でていた。

第十話

マレビトの秘密

雨宮《あまみや》達から離れたところで、新たなる怪異が発生していた。

綿津《わたつ》岬《みさき》三丁目に住まう、妻子を亡くしていた徳井《とくい》和夫《かずお》という男が、その犠牲者だった。

彼は、常に罪の意識に苛《さいな》まれていた。

海水浴へ行った時、目の前で幼い息子が波にさらわれてしまった。そして、息子を助けようとした妻も、彼岸《ひがん》を渡ってしまったのだ。

一緒に息子を助けに海に入った徳井は、助かったというのに。

「いや、助かってしまった……んだろうな」

徳井は、一家三人が写る写真を見て、重々しい溜息《ためいき》を吐《つ》いた。

空はすっかり黄昏《たそがれ》に染まり、照明をつけていない室内は薄暗くなっている。

そんな中、デジタルフォトフレームの明かりだけが、徳井のやつれた顔をぼんやりと照らしていた。

デジタルフォトフレームは、一家の日常を次々と映し出していく。

家族でキャンプに行った時や、息子の運動会に行った時。そして、我が家で息子の誕生日パーティーをした時の写真が表示される度《たび》に、徳井の脳裏《のうり》に思い出が鮮明に蘇《よみがえ》るのだ。

「お父さん」と息子の声が聞こえるような気がする。

珍しいものを見つける度に、「お父さん、これなに？」と好奇心旺盛に持って来てくれる姿が愛《いと》おしかった。そして、それを見守る妻の温かい眼差《まなざ》しも、昨日のことのように思い出された。

悲劇が起きたあの日も、息子は珍しい貝を持って来たのだ。

『お父さん、この貝きれい！　なんていう貝？』

『おっ、それはタカラガイじゃないか。でも、なんていうタカラガイだろうな』

『あら、タカラガイって一種類じゃないのね。それじゃあ、写真を撮って、家の図鑑で調べてみましょうよ』

妻は携帯端末で貝の写真を撮り、息子は貝を持って帰りたいと駄々をこねた。だが、貝の一つ一つが海岸を作っていて、それは海のものだから、そこに残していきなさいと徳井は言い聞かせた。

まさか、その後、海に息子と妻を奪われるとも知らず。

「いっそのこと、私も連れて行ってくれればよかったのに」

何度目か分からない溜息を吐く。かつてパーティーをした家に住み続けるのはあまりにも辛《つら》くて、売り払ってしまった。

騒がしい都会に住めば気が紛《まぎ》れるかと思い、内見もせずに江東《こうとう》区の賃貸マンションを借りたのだが、まさか、海が見える部屋だったとは。オーシャンビューの物件が、そんなに安く借りられるとは思わなかったのだ。

常につんとした磯臭《いそくさ》さがまとわりつくので、亡くした家族のことが余計に忘れられなくなっていた。

写真を眺めているうちに日は完全に沈み、室内は夜の闇に包まれていた。

照明をつけようかとデジタルフォトフレームから視線を外したその時、徳井はハッとした。

部屋の片隅に、ぼんやりと白い影が浮かんでいたからだ。

明らかに異様なそれに驚愕《きようがく》する徳井であったが、よく見ればそれは、人間のようだった。

「智樹《ともき》！」

うっすらと息子の顔が浮かんでいた。

徳井は思わず彼の名を叫び、駆け寄ろうとする。

しかし、息子はするりと逃げてしまい、ふわふわと浮くように走って行った。

「智樹、どうして逃げるんだ！」

徳井は悲鳴じみた声をあげるが、ふと、思い至る。

逃げているのなら、もっと全力で走るはずだ。もしかしたら、息子は自分を導いているのかもしれない、と。

案《あん》の定《じょう》、息子は徳井を待つように佇《たたず》んでいた。徳井が一歩近づくと、息子は三歩下がる。まるで、徳井がついて来るか確認するように振り向きながら。

「智樹、そっちには母さんもいるのか？」

徳井は囁《ささや》くように息子へ問う。

だが、息子は頷《うなず》かない。徳井があと少しで息子に触れようとした瞬間、手からするりと抜けてしまった。

「智樹！」

徳井は息子を捕《つか》まえようと、身を乗り出す。

だが、頬《ほお》を打ち付ける冷たい風に、ハッとした。

「ここは……」

徳井は、ベランダから身を乗り出していた。

彼の部屋は十三階にある。地面に敷かれたアスファルトは、遥《はる》か下に窺《うかが》えた。

徳井は背中に冷たいものを感じながら、恐る恐る身を引く。あと少しで、転落して地面に叩き付けられるところだった。

「智樹……？」

周囲を見回すが、あのぼんやりとした人影はなかった。

真っ暗なマンションの一室で、徳井はただ、死の臭いが漂《ただよ》う海風を感じていたのであった。

牛尾《うしお》ミチルと対面した数日後、雨宮は海神《わたつみ》神社へ呼び出された。

駄目で元々のつもりで同行者のことを訊《き》いたのだが、ミチルは意外と寛大で、彩《あや》子《こ》ならば連れて来ていいと言ってくれた。

だが、それ以上は許さなかった。

雨宮は仕方なく、一ノ瀬《いちのせ》と日向《ひゅうが》には報告だけして、海神神社へ向かうことにした。

「雨宮さん、危ないと思ったら逃げて下さいね」

「俺、外で待ちましょうか？」

一ノ瀬と日向は、そんな風に雨宮のことを心配してくれた。雨宮は二人を安心させようと、「大丈夫です」と出来るだけ平然とした様子で受け答えをしていた。

しかし、不安がないわけではない。

彩子が一緒にいるとはいえ、ミチルが何を仕掛けてくるか分からない。何せ、海神神社は彼らの領域なのだから。

一人では不利でも、二人いれば何とかなる。そう思っていたものの、ミチルが彩子を人質《ひとじち》にする可能性もあった。

「それで、やっぱりやめた方がいいって連絡してきたんですね」

海神神社の社殿《しゃでん》の前で、彩子は雨宮と並びながらそう言った。

「君は未成年だし、親が心配するかと思って」

「大丈夫ですよ。親に言ってないし」

彩子はあっけらかんとした顔で言った。

「……それはいいのか？　万が一の時、俺が君を守り切れるとは限らないんだ」

「自分の身くらい、自分で守るようにします。お姫様扱いして欲しいわけじゃないですし」

彩子が浮かべた勇ましい笑み《え》には、説得力があった。雨宮はそれ以上、彼女に口を出せなくなってしまった。

「お姫様は、どちらかというと、浅葱《あさぎ》さんっぽいですよね」

「まあ、それは……」

確かに、と雨宮は妙に納得してしまった。

「おっと」

彩子はハッとして、辺りを見回す。

「どうした？」

「いえ、地震ですよ。雨宮さんは感じなかったんですか？」

彩子は、境内《けいだい》を覆《おお》い隠してしまうほどの大木にかけられたしめ縄を見やる。確かに、しめ縄は不自然に揺れていた。

「すまない。気が付かなかった」

「どうせ、浅葱さんのことばかり考えてたんでしょう」

「いや、話の流れがそうだったから……」

彩子に小突かれ、雨宮は複雑な表情になる。

「それにしても、最近は地震が多いな」

雨宮は、昨日の朝も地震があったことを思い出す。

その時は日向と共に朝食をとっていて、地震が苦手な日向はテーブルの下に一目《いちもく》散《さん》だった。確か、その時も地震が多いという話をしていたのだ。

「震源地はこの辺みたいですよね。怖くないですか？　海抜ゼロメートル地帯ですよ」

携帯端末で震源地を確認しながら、彩子は言った。

「怪異よりも、そちらの方が恐ろしいな」

最初に地震を感じたのは、豊洲《とよす》から綿津岬に帰宅する時だったか。その時は、地震速報にも上がらなかったので気にしていなかったが、ここまで多いと、いよいよ危機感が込み上げてきた。

「綿津岬は埋立地みたいだし、液状化現象が起こるんじゃないですか？　そしたら、この街自体が海の藻屑《もくず》となるのでは……」

彩子の顔が青ざめる。

「藻屑とはならないだろうが、大惨事になるだろうな。……大きな地震が起こらないことを祈るのみだ」

地球の活動だけは、自分達ではどうにもならない。一先《ひとま》ず、先ほどの地震は震度二程度だということで安心した。

「震源地によっては津波も来ますし、本当に心配ですよね。それに比べたら、こっちは人によるものなので、怖くないです」

彩子は綿津岬の話題に戻りながら、気丈《きじょう》に笑う。

「だが」と雨宮が言うと、それを遮《さえぎ》るように彩子は続けた。

「それに、雨宮さんが駄目って言っても、私は来るつもりでした。学校生活のことは何も解決してないし、このままでは引き下がれません。でも、綿津岬のことを調べれば、納得出来ることや解決の糸口が見えるかなって」

「そうだな」

彩子が仲間外れにされているのは、綿津岬に根付いた力関係によるものだろう。その背景を知ることで、妥協点や解決策が見つかるかもしれない。

「正直、伊佐美《いさみ》が首謀者だということが確定したら、ガツンとやり返したいんですけどね。それにしたって、一番効果的な方法でリベンジしたいじゃないですか」

拳《こぶし》を素振《すぶ》りする彩子に、勇ましさと一抹《いちまつ》の不安を感じる。

「その、穏便にな」

「私は穏便なことをされなかったので、それは出来ない約束です。『目には目を、歯には歯を』って言いますから」

「現代にハンムラビ法典を持ち出さないように」

雨宮は、呆《あき》れたように言った。

彩子は時に大胆なので、伊佐美とやらがプランターで殴《なぐ》られないように祈るしかない。

「勇ましいことじゃない。私は嫌いじゃないわ」

不意に、美しく優雅な声が二人の間に割り込んだ。雨宮と彩子は、思わず姿勢を正してしまう。

社殿の扉が、いつの間にか開けられていた。

その中から、ミチルが姿を現している。その美貌《びぼう》に、不透明な笑みを湛《たた》えながら。

「その姿は……」

ミチルは巫女装束《みこしょうぞく》をまとっていた。祭りの時に人形を抱いて儀式を行っていた巫女だ。

雨宮には見覚えがある。それは、

「覚えていてくれて、光栄だわ」

ミチルは雨宮の心を見通すかのように言った。

「忘れようがない。あの夜、俺達は海に突き落とされたのだから」

「それについては、詳しく聞く必要があるわね」

ミチルはそう言って、踵《きびす》を返す。

ということは、ミチルの指示ではないということか。雨宮は、自治会の行動は全《すべ》てミチルの指示というわけではないことを確信する。

「どうしたの？　色々と聞きたいのでしょう？」

ミチルはうっすらと笑みを浮かべながら、雨宮と彩子を社殿の中へと促《うなが》す。

二人は覚悟を決めると、賽銭箱《さいせんばこ》の前の階段を上って靴を脱ぎ、畳が敷かれた社殿の中へと足を踏み入れた。

ふわりと、お香の匂いが雨宮の鼻をくすぐる。

社殿の中は片付けられ、以前入り込んだ時よりもずっと広く感じた。

二人分の座布団が用意されており、ミチルはそれに対面するように腰を下ろす。

他には、誰もいなかった。隠れている可能性もあったが、気配すら感じなかった。

社殿の中は磯の臭いもせず、静謐《せいひつ》で、異空間のようにも思えた。

明かりは四方に灯《とも》された蠟燭《ろうそく》の炎だけで、ゆらゆらと妖《あや》しく揺らめいては、三人の影を踊らせる。

彩子は気圧《けお》されているようで、唇をキュッと嚙《か》み締めて目を見開いていた。雨宮は彼女を勇気づけるように小突くと、共にミチルの前に座った。

「ようこそ。海神神社へ」

ミチルは、厳《おごそ》かに告げた。

「海神神社の祭司として、あなた達を歓迎するわ」

「君が、祭司なのか……」

雨宮の問いに、「ええ」とミチルは優雅に頷いた。

大役を背負っているがゆえに、ミチルは高校生とは思えないほど落ち着いているのだろうか。

一瞬、そう思った雨宮だったが、すぐに考えを打ち消した。

ミチルは祭司ゆえに落ち着いているわけではなく、ミチルであるがゆえに祭司なのではないかと。

「あなた達は、綿津岬の歴史を知っているかしら」

「……ああ。江戸時代には魚がよく獲れることから、海神岬《わたつみみさき》と呼ばれていたということ。最初はただの岩礁《がんしょう》だったが、明治時代や大正時代に他の地域と共に埋め立てられて大きくなったということくらいは」

「あと、魚がよく獲れることから、海神神社は大綿津見神《おおわたつみのかみ》とえびす神を祀《まつ》っているということも」

雨宮と彩子の答えに、ミチルは満足そうに頷いた。

「よく知っていたわね。綿津岬のことを調べているあなたと、綿津岬高校の生徒さんには愚問だったかしら？」

ミチルはくすすと笑う。だが、その笑みもすぐに溶けて消えた。

「そこの彼は既にご存知かもしれないけれど、海神神社に祀っているのは、三柱《みはしら》の神様なのよ」

「えっ……？」

彩子は目を丸くする。

雨宮は社殿に入ってから気になっていた。丁度正面の、ミチルの背後に、布が被《かぶ》せられたものがあることに。

ミチルはそんな雨宮と、戸惑《とまど》う彩子に見せつけるかのように、布を剝《は》ぎ取ってみせた。

「うっ……」

彩子は声を詰まらせる。無理もない、と雨宮は思った。

そこに描かれているのは、巨大な胎児《たいじ》のような異形《いぎょう》だった。色の抜けた白い身体と真っ赤な鰓《えら》が、深海に潜《ひそ》む得体の知れない魚のようだ。異形は海の中に沈んでいて、背中だけが海上にぽっかりと浮かんでいる。

「マレビト……」

「よく知っていたわね」

雨宮の呟《つぶや》きを、ミチルは聞き逃《のが》さなかった。

「マレビトって、なんですか？」

彩子は震える声で問う。雨宮が説明するよりも早く、ミチルが答えた。

「この絵画に描かれた、三柱目の神様よ。正確には、綿津岬にとって一柱目にして主神なんだけど」

「でも、学校でも習わなかったし、神社の何処《どこ》にも祀られていないし、誰も教えてくれなかった……」

「当たり前よ。マレビトを知っているのは、ごく一部の人間だもの」

ミチルは彩子に言い聞かせながらも、含みのある視線を雨宮に向ける。

迂闊《うかつ》だった、と雨宮は後悔した。自分がマレビトのことを知っていると悟られたら、情報を漏《も》らした漣《さざなみ》婦人にも迷惑がかかるかもしれない。

だが、ミチルはそんな心配をも見通すかのように、「安心しなさい」と言った。

「あなたがどうやってマレビトに辿《たど》り着いたか、私は追及しないつもり。どちらにしても、この場で明かすつもりだったんだもの」

「なぜ、俺にそこまで……」

「あなたが知り過ぎているからよ。そして、マレビトに関与しているから」

「マレビトに？」

「だから、私はあなたに全てを明かし、力添えを頼もうと思ったの」

雨宮の問いには答えず、ミチルは続けた。

「わ、私は聞いてよかったんですか……？」

彩子は、恐る恐る尋ねる。

すると、ミチルは慈悲深い笑みを向けた。

「あなたは大事な後輩ですもの。本来は、あなたのように外から来た者を歓迎すべきなのよ。あなたがここに住み続けてくれれば、コミュニティに大きな利益を齎《もたら》すわ。しかし、長い時を経て、当初の信仰も失われてしまった……」

長い時を経て、という言葉に妙に実感がこもっていた。目を伏せていたミチルであったが、彼女は意を決したように顔を上げる。

「綿津岬の元となった岩礁。その正体こそ、マレビトだったの。遥か彼方《かなた》からやって来て、東京湾に流れ着いた異形の神。それが、綿津岬の正体なのよ」

「な……っ」

雨宮と彩子は息を呑《の》む。

海の向こうからやって来て、岩礁の辺りに住み着いた神だということは雨宮の知るところだった。しかし、岩礁そのものがマレビトだったとは。

「魚が豊富に獲れると知った人々は、岩礁がマレビトだと知らずに降り立ち、祠《ほこら》を作った。そこから、綿津岬の歴史は始まったの」

その祠がここ、とミチルはぐるりと周囲を見渡した。海神神社は綿津岬の始まりであり、マレビトの背中の上だったとは。

「岩礁が神だと気付いたのは、一部の人間だけだった。しかし、大漁の魚によって多くの漁師が家族を支えられると知って、マレビトに封印を施《ほどこ》した」

「封印……？」

彩子は首を傾《かし》げる。ミチルは、昔話の絵本を暗唱するかのように、朗々と語った。

「マレビトを眠らせておくことにしたの。そうすれば、ここでずっと魚が獲れるから。家族達をずっと、養っていけるから」

「でも、神様の意志は……」

「当時は、そんなことを気にする者はいなかったわ。でも、本来行くべき場所へと行きたいようね」

　ミチルは、雨宮の方をチラリと見た。

　雨宮の中で、嫌な予感が渦巻いていた。ミチルの話を聞けば聞くほど、点と点だったものが線で結ばれていく。その度に、口の中に酸っぱいものが込み上げていた。

「兎《と》に角《かく》、綿津岬に集まった人々にとって、マレビトは必要な存在だった。だから、神様が起きないように、年に一回、お祭りで鎮《しず》めることにしたのよ」

「それが、先日のお祭りですか？」

「ええ。マレビトに供物《くもつ》を捧《ささ》げ、しばらくの間、眠って貰《もら》うようにしていたの。ただし、それにも限界があるようだけど」

「限界……？」

　雨宮と彩子は眉《まゆ》をひそめる。ミチルはややあって、重々しく口を開いた。

「最近、地震が頻発《ひんぱつ》しているわね？」

「あ、ああ」

「そうですね……」

頷く雨宮と彩子に、ミチルは深々と溜息を吐くように言った。

「長い時を経て、封印の効果が薄れている。だから、マレビトが目覚めようとしているの」

それで、境界が不安定になって怪異が頻発しているのかと、雨宮は納得した。

「マレビトが目覚めたら、どうなっちゃうんですか？」

彩子は、恐る恐る尋ねる。

「綿津岬は崩壊する。液状化現象や津波《つなみ》の比ではない被害が出るわ」

ミチルの言葉に、彩子がごくりと固唾《かたず》を呑む。

雨宮は、巨大なマレビトを目にしている。だからこそ、マレビトが動いたら綿津岬がただでは済まないことは想像に容易《たやす》かった。

そのマレビトを元に綿津岬が埋め立てられているなら、尚更《なおさら》である。

「だから、あなた達に封印を手伝って欲しい。綿津岬の人々のためにも」

「わ、私達にですか？」

彩子は目を白黒させる。雨宮も、寝耳に水と言わんばかりだった。

「あなた達は、マレビトと深い繋《つな》がりがある。あなた達の封印ならば、マレビトにもよく効《き》くはず。特に、深く関わったそこの彼は、ね」

「待って下さい。私は、マレビトとなんて……」

彩子は身を乗り出して抗議しようとする。しかし、雨宮は押し黙ったままだった。

「雨宮さん？」

「彼は私が言わんとしていることを察したようね。それとも、元々知っていたのかしら？」

ミチルは探るような視線を寄越《よこ》す。しかし、雨宮は答えなかった。

「あなた達が出会った浅葱という存在。彼もまた、マレビトの一部なのよ。マレビトの意識の一部であり、夢と祈りの力で仮の姿と人格を得ている。彼の意思は、マレビトの意思でもあるわ。私が知る限り、あなたは彼に最も近づいている……」

「浅葱さんが、マレビト……？」

彩子は戸惑いを隠せなかった。

あの儚《はかな》くも美しい青年と、目の前の絵画に描かれた異形が一致しないのだろう。

雨宮もまた同じ気持ちであったが、ミチルの話が本当ならば、浅葱の言動は納得が出来た。

彼は綿津岬から出て、行くべき場所へ行きたい。しかし、彼が自分の望みを叶《かな》えるのはいけないことだ。何故《なぜ》なら、綿津岬が犠牲になるから。

『彼』の部分を、浅葱にしてもマレビトにしても成り立つ。浅葱を解放してやると息巻いていた雨宮にとって、いよいよ頭を抱える事態となってしまった。

「一つ、聞きたい」

「なに？」

雨宮の質問に、ミチルは小首を傾げてみせる。彼女の顔立ちは、漣婦人とよく似ている。本家と分家という関係で血が繋がっているのだろうし、面影《おもかげ》があるのは当たり前なのだが、重なる部分がやけに多い気もしていた。

「全てを知っていて、祭司をしていて、封印の権限を持っている君は何者なんだ。綿津岬に祠を立てて封印をした人間が牛尾家だというのは、何となく予想がつく。何せ、綿津岬を牛耳《ぎゅうじ》っているくらいだしな。だけど、君は未成年。親は、どうしているんだ」

雨宮に問われ、ミチルは薄く笑った。とても彩子と同じ十代とは思えない、妖艶《ようえん》な笑みで。

「親はとっくの昔に死んだわ」

「とっくの、昔に……？」

幼い頃に死別したというのとは、明らかに違うニュアンスが含まれていた。

「そう。あの頃は貧しかったからね。だからこそ、みんな、大漁の魚が獲れると知って、無我夢中で岩礁付近に通った。それが、神様だと知らずにね」

「まさか……」

雨宮と彩子は、息を呑む。「そう」とミチルは頷いた。

「私は封印を施した一族の末裔《まつえい》なんかじゃない。マレビトの封印をした本人なのよ」

「馬鹿な……！」

雨宮は思わず身を乗り出す。

「マレビトの封印をしたのは江戸時代だろう⁉　君はどう見ても、十代じゃないか！」

しかし、口では否定しつつも、雨宮は悟っていた。目の前の少女が、少女ではないことを。

彼女の持つ雰囲気が、それをひしひしと物語っていた。

「あの頃はもう少し、私も大人だったわ。子どももそれなりにいてね。ほとんど、貧しさで死んでしまったけど」

ミチルは下腹部を愛おしげにさすりながら、遠い目をしていた。

「年々、何故か若返っているのよ。マレビトを封印した罰なのかもしれないし、もしかしたら、私も綿津岬が見せる幻になってしまったのかもしれないわね」

「幻に綿津岬の行く末を託されるなんて、勘弁《かんべん》してくれ……」

呻《うめ》く雨宮に、ミチルはくすりと笑ってこう言った。

「すぐに結論は出ないでしょう？　まだ少し時間があるようだし、じっくりと考えて頂戴。異形の神であるマレビトを選ぶのか、綿津岬の人々の安寧《あんねい》を選ぶのか」

「……もしマレビトの封印をしたら、マレビトはどうなるんですか」

彩子は恐る恐る、ミチルに問う。

彼女は、「さてね」と肩を竦《すく》めた。

「マレビトと縁がなかった私が、二百年ほど封印出来たんですもの。あなた達ならば、もっと長い間、マレビトを引き留められるかもしれないわね」

「そう……ですか」

彩子の声が沈む。自分が死んだ後もこの場所に縛《しば》られ続けるマレビトを思ってのことだろう。

「君……いや、あんたの正体、分家や自治会は知っているのか？」

雨宮の質問には、「いいえ」とミチルは答えた。

「ほとんどの人間は知らないわ。知っているのは、ほんの一部。私は名前や佇まいを変え、何人もの牛尾家の長女を演じ続けている。綿津岬の秘密を隠し通すことで、綿津岬を守るためにね」

「俺達が吹聴《ふいちょう》するとは思わなかったのか？」

「二百歳を超えるお婆さんが、女子高校生のふりをしているなんて誰が信じるの？」

ミチルはくすくすと優雅に笑った。

「それでも、あんたは俺達に教えてくれたし、俺達はそれを信じたじゃないか」

「あなた達が信じたのは、マレビトの化身に会うという神秘体験を経ていたからでしょう？」

ミチルの言うことは尤《もっと》もだった。雨宮も、恐らく彩子も、浅葱と出会っていなかったら、冗談でも言われているのかと思っただろう。

「私が教えたのは、あなた達に成し遂げて欲しいことを説明するのに必要だったし――」

「だったし？」

ミチルは、ひどく遠い目でこう言った。

「……現代を生きる誰かに、過去の遺物である私のことを知って欲しかったからなのかもしれないわね」

そんな彼女に、雨宮も彩子も、それ以上言葉を紡げなくなってしまった。

海神神社を後にした雨宮と彩子は、無言で一丁目を抜けた。

途中で奇妙な視線を何度も感じたが、気にしている余裕はなかった。雨宮は、ミチルの言葉を頭の中で何度も反芻《はんすう》していた。

すっかり日が沈んでいたので、雨宮は彩子を家まで送ることにした。「また、連絡しますね」と言って別れた彩子は、思い詰めたような表情だった。

きっと、自分もそんな顔をしているのだろうと雨宮は思う。

彩子が浅葱をお姫様のようだと表現したのは、言い得て妙だと思った。

しかし、囚《とら》われのお姫様を救い出した結果、お姫様が囚われていた場所が崩壊するとは思わなかった。

しかも、その上で人々が普通の生活を営んでいるというのだから性質《たち》が悪い。

「普通、なんだろうか……」

綿津岬の人々は奇妙だった。ミチルが語らない秘密もありそうに思えた。

「だが、だからと言って彼らの日常が消えていいわけでは……」

マンションが立ち並ぶエリアから少し離れ、運河が見える場所までやって来た。

海風は相変わらず粘《ねば》りつくような磯臭さで、雨宮の気持ちを悪戯《いたずら》にかき乱す。

「この場所も、昔は何もなくて――」

かつての姿を想像しようとしたその時、雨宮は人影を見た。運河と陸地を隔《へだ》てる柵を越えようとする男性の姿を。

「危ない！」

雨宮は男性に駆け寄ると、乗り出した身体を羽交《はが》い絞《じ》めにする。

「な、何をするんだ！」

男性は抗議の声をあげる。家庭を築いていそうな年齢の男性だったが、髪はすっかりぼさぼさで、目に生気が宿っていなかった。

「それはこっちの台詞《せりふ》です！　飛び込むつもりですか！」

「放してくれ！　あそこには息子と妻がいるんだ！」

「えっ？」

雨宮は思わず水面《みなも》を見やる。だが、そこで誰かが溺《おぼ》れている様子はない。

しかし、ぼんやりと見えた気がした。靄《もや》のように白く蟠《わだかま》る、二つの塊が。

まさか、怪異か。

「智樹！　博美《ひろみ》！」

「しまった……！」

雨宮の力が緩《ゆる》んだ隙《すき》に、男は柵を越えてしまった。咄嗟《とっさ》に男の身体を引っ摑《つか》むが、雨宮の身体も引きずられてしまう。

「くそっ……！」

雨宮は覚悟を決める。運河に落ちたら、男性を何とか抱えて陸地まで泳ごうと。尤も、怪異に憑《つ》かれた男性を抑えられればの話だが。

「浅葱……！」

神に祈る代わりに、浅葱のことを思い出す。二人の身体が水面に叩き付けられようとしたその瞬間、美しい蝶々《ちょうちょう》が目の前を過《よぎ》ったような気がした。

ひんやりとした床に、雨宮と男の身体が投げ出される。

「いたた……」

雨宮は何とか受け身を取るものの、男性はまともに背中を打ったようで、しばらくの間、仰向けになって倒れていた。

「まさか……」

雨宮は男性に手を差し伸べながら、周囲を見回す。海の香りが濃い小ぢんまりとした喫茶店は、どう見ても『ニライカナイ』だった。

「志朗《しろう》さん、ご無事で」

「浅葱……。助けてくれたのか」

カウンターの向こうには、浅葱がひっそりと佇んでいた。

「あなたの声が聞こえたような気がして、手を、伸ばしたのです」

浅葱は白磁《はくじ》の指先を、そっと虚空《こくう》に這《は》わせる。その姿すら絵のように美しく、現実感がなかった。

そんな彼が、まさかあのマレビトの一部だなんて。

一方、男性は「うう……」と呻きながらも起き上がり、雨宮はそちらに意識を集中させることにした。

「ここは、何処だ……」

「ここは、『ニライカナイ』です」

浅葱が囁くように答えた。

「息子と妻は……。あの二人は私があちらに行くのを、待っているのに……！」

男性は喫茶店を後にしようとするが、雨宮がそれを制止した。

「どうして止めるんだ！」

「話、聞かせてくれませんか。きっと、お力になれるので」

雨宮は、激昂《げきこう》する男性にやんわりと言った。男性はしばらくの間、迷うように店内と出口を見ていたが、やがて、観念したように雨宮に従った。

男性は、徳井と名乗った。

彼は海の事故で、息子と妻を亡くしていた。彼らの思い出が詰まった家にいるのが辛くなって、綿津岬の賃貸マンションに引っ越したのだという。

しかし、程なくして、息子と妻の幻影を見るようになった。

彼らは至る所に現れ、男性はその度に彼らを追った。だが、彼らが向かう先は、必ず徳井を死へと誘《いざな》う場所だった。

「息子がマンションのベランダへと促すように現れたのが、切っ掛けでした。最初は、彼らの後を追いたい私の見る幻覚だと思ったのですが、もしかしたら、本当に家族が呼んでいるのかと思うようになって……」

徳井は頭を抱え、悲痛な声をあげる。

そんな彼に、浅葱は透明な茶器に注いだ昆布茶《こぶちゃ》を勧めた。

「あなたの怪談、頂戴致しました。こちらはそのお礼です」

「怪談……なんでしょうかね。ただの憐《あわ》れな男の妄言《もうげん》だと思って下さいよ。まあ、これも私の夢なのかもしれませんが……」

徳井は自嘲《じちょう》に満ちた笑みを浮かべながら、昆布茶を口にする。

すっかり疲弊していた彼だったが、昆布茶を口にした瞬間、ほうっと息を吐いた。

「美味《おい》しいなぁ……。これは、夢じゃないといいなぁ……」

徳井の土気色だった顔に、ほんのりと赤みがさした。瞳にも僅《わず》かに生気が戻り、うっすらと涙が滲《にじ》み出す。

「ご家族は本当に、あなたを呼んでいるのでしょうか？」

幾分か落ち着いた徳井に、浅葱が問う。

「何故です？　あなたは、私の家族の何が分かるんです？」

「私はあなたの家族ではありませんが――」

やや息巻いた徳井に対して、浅葱はそう言い添えて続けた。

「お二人は、あなたに亡くなって欲しいと思うでしょうか？」

「……それは」

徳井は、ハッとした。夢から醒《さ》めたように目を見開いていた。

彼は家族との思い出を噛み締めるように沈黙し、心を落ち着けるように昆布茶を飲み干し、やがて、深く息を吐いた。

「いいえ……。息子も妻も、私に死んで欲しいとは思わないでしょう。一緒にいて欲しいとは、思うかもしれませんが」

「ならば、あなたの胸に置けばよいのです」

「私の胸に？」

「海の向こうに行った方々を思う時、この辺りが温かくなると聞きました」

浅葱はそっと、自らの胸に手をやる。徳井もまた、浅葱の真似《まね》をするように心臓の位置に手を添えた。

彼はしばらくの間、黙ってそうしていた。手のひら越しに感じる鼓動を、確かめるように。

「そう……ですね。確かに、温かくなってきました」

「その場所に祈りが宿る時、海の向こうに行った方々もそばにいるのです」

浅葱は、徳井を包み込むように言った。心地よい小波《さざなみ》のようで、雨宮も彼の言葉に聞き入っていた。

徳井の胸から、ふわりと光が飛び出した。彼が目を丸くして見ていると、それは蝶々となって羽ばたき、虚空へと溶けていった。

「今のは、私の祈りだったのでしょうか」

「ええ。海の向こうとあなたは、ちゃんと繋がっているのです」

浅葱は静かにそう言った。

浅葱の着物に描かれたアサギマダラもまた、そうやって浮世《うきよ》と常世《とこよ》の橋渡しをしているのだろうか。

「私はきっと、一人だけ置いていかれた寂しさのあまり、息子と妻の幻影なんて見たのでしょう……。彼らを、私が寂しさから逃れるための言いわけに使ってしまった……」

徳井の声は震え、双眸《そうぼう》からぽろぽろと涙が零《こぼ》れる。彼はハッとして両目を拭《ぬぐ》うが、涙は次から次へと溢《あふ》れていた。

「そう思うなら、これから二人と一緒に生きればいいですよ」

彼の隣に座っていた雨宮は、徳井の涙を見ないように気遣いながら、そっと声をかける。嗚咽《おえつ》が止まらない徳井は、何度も何度も頷いていた。

「……よかった」

憑き物が落ちた徳井を眺めながら、浅葱はぽつりと呟いた。

「どうしたんだ？」

「悪夢から目覚めることが出来たからです。悪夢は、自分で止められるものではないですから」

「……そうだな」

その言葉を聞いて、雨宮は、浅葱が『ニライカナイ』の店主をやっている理由が分かった気がした。

眠っているマレビトは夢を見る。その夢は、マレビトには止められないのだ。また、マレビトの上で生活している人々も、マレビトの影響を受ける。悪夢は怪異となり、徳井や雨宮自身、そして、雨宮が出会ってきた人々のように苦しめられる。

そんな状況をマレビト自身も憂《うれ》えて、浅葱となって人々の怪異を解いているのかもしれない。

「志朗さん？」

「いや……。考えごとをしていただけだ」

「私のことならば、気にしないで下さいね」

浅葱にそう言われ、雨宮はぎょっとした。一瞬、ミチルの依頼を知っているのかとすら思った。

だが、浅葱は表情が乏しいながらも、目元にほんの少しの笑みを湛えてこう告げた。

「志朗さんは、私のことを沢山考えて下さっているようなので。だけど、私は大丈夫。あなたを、信じています」

「浅葱……」

「あなたが私の願いを叶えてくれるということを信じているのではなく、あなたがどんな結論に至っても、私はそれを受け入れるという意味です」

目を丸くする雨宮を、浅葱の瞳はガラス玉の如く鮮明に映し出していた。しかし、ガラス玉のように無機質ではなく、瞳の奥に海のような深い感情を湛えて。

「……有り難う」

雨宮はそれしか返せなかった。そんなに健気《けなげ》な想いを、自分に寄せてくれているなんて。

決断しなくてはいけない、と雨宮は覚悟を決める。浅葱がこんなに真摯《しんし》な気持ちを向けてくれているのだから。

雨宮は徳井が落ち着くまで、浅葱と向かい合っていた。

交わした言葉は少なかったが、淹《い》れて貰ったお茶は何処までも澄んだ香りに包まれていた。

第十一話

マレビトの呪《のろ》い

浅葱《あさぎ》は、綿津岬《わたつみさき》から解放されたがっている。

しかし、浅葱はマレビトの一部であり、浅葱を解放するためにはマレビトを解放する必要があった。

ところが、マレビトを解放すれば、綿津岬が崩壊する。何故《なぜ》なら、綿津岬は眠ったマレビトの上に存在しているから。

だが、眠ったマレビトが夢を見ている限り、夢は蜃気楼《しんきろう》となって街を包み、悪夢は怪異となり、人々を苦しめる。そして、時には死に至らせることも。

雨宮《あまみや》は今、浅葱と繋《つな》がっている。自分の存在が、マレビトに何かを働きかけるのに最も有効な手段なのではないかという自覚はあった。

「――というわけです」

豊洲《とよす》の喫茶店で、雨宮は一ノ瀬《いちのせ》と日向《ひゅうが》に報告する。今日は外から居場所が悟られないように、大型商業施設の中の店を選んだ。

ミチルのことも含めて雨宮が話し終えると、一ノ瀬は難しい顔をしたまま硬直し、日向は頭を抱えて天井を仰いだ。

「究極の選択じゃないですか……」

「いや……。寧《むし》ろ、どれもバッドエンドフラグでは？　そのプロットは救いがなさ過ぎですよ……」

日向は頭《かぶり》を振ってみせる。

「そうですね。八方塞《はっぽうふさ》がりです」

雨宮は、氷が溶けかけたアイスコーヒーを見つめたまま、動かなかった。

「雨宮さんは、どうしたいんですか？」

一ノ瀬は、恐る恐る問う。

「自分は、浅葱との約束を果たしたい。だけど、綿津岬の人々を犠牲にしたくはない――と思っています」

「ですよね」

一ノ瀬も日向も、雨宮の意見に頷《うなず》いた。

「いずれにしても、最近は地震が頻発《ひんぱつ》している。それを利用して、綿津岬の人々を一斉に避難させることが出来ないかと思いまして」

「まあ、マレビトの封印が解けて綿津岬が崩壊しても、綿津岬の上にいなければ命は助かりますからね」

成程《なるほど》、と日向は納得する。

「でも、どうやって。私達が触れ回るにも限界がありますし、皆さん、従ってくれるか……」

表情を曇らせる一ノ瀬に、雨宮は言った。

「防災無線を使えないかと思っています。綿津岬は海抜ゼロメートル地帯ですし、万が一の時のための設備は整っているでしょう。それを何とか利用出来れば、綿津岬中の人々を誘導出来ます」

「あっ、確かに」

「ただ、その防災無線をどうやって使うかが問題ですが……」

眉間《みけん》に皺《しわ》を寄せる雨宮に、日向がすっと手を上げた。

「日向さん？」

「俺がどうにかします。取材の一環として潜入《せんにゅう》して、いざという時のためのルートを確認しておきますよ」

日向は、勤務先の出版社の名刺をひらひらと掲げ、不器用なウインクをしてみせた。

「しかし、危険では……？」

「いやいや、綿津岬に住んでるだけで危険じゃないですか。だったらこのくらい、なんてことないですよ。それに、スパイみたいでカッコいいですしね」

子供の頃からの夢だったので、と日向はやる気満々だ。

「というか、日向さんも一ノ瀬さんも、自分の意見に賛成してくれるんですか？」

目を瞬《しばたた》かせる雨宮に、日向と一ノ瀬は顔を見合わせた。

「えっ、みんなを避難させることが出来るなら、それしか選択肢がないですよね」

「そうですね。だって、怪異が具現化するのは、恐ろしいことですから」

一ノ瀬の言うとおりだ。

彼女も日向も、そして雨宮も、綿津岬に来てから怪異に襲われて恐ろしい思いをしている。この場にいない彩子《あやこ》も恐怖を味わっているし、徳井《とくい》は自死を促《うなが》されていた。

綿津岬があり、マレビトが眠っている以上、新たな犠牲者が生まれるのだ。

「ただ、自分達が決断するには大き過ぎることだと思いますけどね」

日向は苦笑する。

「それは、俺も思いました。だからこそ、二人の意見を聞きたかった」

浅葱を解放したいというのは、雨宮の個人的な感情だ。綿津岬もまた、人々に怪異を齎《もたら》す場所とはいえ、雨宮の身勝手な決断で壊していいとは思えなかった。そこで苦しむ人もいるが、生活している人々もいるのだから。

「それに、封印を解く方法も調べなくては」

「あ、そうか……」

日向がふと、何かに思い至ったように目を見開く。

「どうしました？」

「いや、封印が解けるのを、待っては駄目なのかなと思って」

「……そうですね」

選択肢は二つしかないと思ったが、もう一つあった。

それは、現在解けかけている封印が解けるのを待つことだ。

そうすれば、浅葱も解放されるし、自分達が手を下さなくても綿津岬は崩壊する。その時に避難を誘導すれば、何の後ろめたさもなく住民達を助けられる。

「でも、いつ封印が解けるか分からない。十年後かもしれないし、百年後かもしれない。このままの状態で、いいわけがありません。それに、俺は誰かが解決することに委《ゆだ》ねたくはない」

雨宮は、自分でも驚くほどはっきりした声で断言した。人一倍強い正義感と使命感が、彼を動かしていた。

だが、それ以上に彼の原動力となったのは――。

「浅葱が俺の決断を、信じると言ってくれたから」

あれだけ解放を望んでいた浅葱が、雨宮に全《すべ》てを委ねてくれた。綿津岬を犠牲にしてでも解放してくれと懇願することが出来たはずなのに、自らの意思よりも雨宮のことを優先してくれた。

それは浅葱なりの、雨宮への敬意なのではないだろうか。

雨宮はそんな浅葱に、応《こた》えたかった。

「あーあ。雨宮さんは浅葱さん一筋なんだから」

日向は姿勢を崩すと、からかうように言った。

「でも、誰かのために頑張るのって、ドラマチックで俺は好きですよ。小説みたいなことが現実で見られるのって、めちゃくちゃ熱いですし」

日向は親指を立ててみせる。

「私も、待つのは性《しょう》に合わないですし、雨宮さんの意見に賛成です」

一ノ瀬もまた、そう言って頷く。「一途《いちず》なところもいいですし」と、彼女は付け足していた。

「私、大学の友人達にそれとなく話しておきます。最近地震がひどいし、近いうちに災害が起こりそうだから、避難する準備をしておいた方がいいって」

「助かります」

雨宮は一ノ瀬に頭を下げる。

周りの人に少しずつ周知していくことで、噂《うわさ》が広まって多くの人が危機感を持てる。実際に地震も起きているし、信憑性《しんぴょうせい》は高いだろう。

「ただ、一つ気になることがあるんです」

雨宮は、商業施設の壁の向こう——綿津岬の方角を眺めて言った。

「あれだけしつこい自治会が、どうしてこちらまで来ないんでしょう」

「それは、ちょっと思いました」

日向と一ノ瀬は頷く。

「流石《さすが》に今日は、外から見えない場所を選びましたけど、今までは窓があって綿津岬が見える場所でしたしね。それなのに、自治会は乗り込んで来なかった……」

彩子と綿津岬高校の近くで待ち合わせた時は、ファストフード店の中まで入って来たというのに。

「綿津岬から、出られないんですかね」

一ノ瀬は首を傾《かし》げる。

「そんな馬鹿な、と言いたいくらいですが、有り得ますね」

雨宮も、そうとしか思えなかった。ミチルの秘密を知っている雨宮が他人と会うことを、放置するのは有り得なかった。

「魔物は、川を渡れないと聞いたことがあります」

雨宮は、ぽつりと呟《つぶや》く。

日向も一ノ瀬も、綿津岬の人々は魔物と言わんばかりの発言にぎょっとした顔をしたが、否定はしなかった。

「川というか、境界を越えられないらしいですね。家に入る時も、許可を得なくてはいけないそうです」

綿津岬と豊洲の間には、大きな運河が横たわっている。橋という境界を渡らないと、双方を行き来出来なかった。

「だから自治会は、綿津岬から出られない……」

一ノ瀬は、絞《しぼ》り出すような声で言った。

「そうとしか思えません。ですが、綿津岬での影響力は強過ぎる。彼らを止められるのは、ミチルくらいです。自分がこうやって綿津岬から出られるのは、泳がせておいても問題ないと思われているからでしょう」

「まあ、雨宮さんは綿津岬から逃げ出しそうにもないですしね。責任感が強いですし」

日向は納得顔だ。

「そう。俺も結局は、籠《かご》の中の鳥のようなものなんです」

そしてその籠は、自ら作ったものだ。

雨宮が綿津岬から離れられるのは、浅葱を解放してからだろう。浅葱から背を向けることは、今の雨宮には出来なかった。

「でも、雨宮さんの仮説が本当だとしたら、自治会もまた、綿津岬の怪異ということですか？」

一ノ瀬は、自らの住まいに戻ることがいよいよ恐ろしくなって来たのか、顔を青くしながら問う。

「そう――かもしれません。それを推測ではなく確信にするには、まだ、調べる必要がある」

封印の場所や封印を解く方法を探す前に、やらなくてはいけないことがある。疑問を出来るだけ解決しなくては、動き出せない。

「なにを調べるんですか?」

「綿津岬で獲れる魚についてです」

綿津岬で獲れる魚は、全て一丁目に持って行かれるという。それを辿《たど》って行けば、綿津岬の秘密が紐解《ひもと》けるのではないかと雨宮は感じていた。

「あの気味が悪い魚を敢《あ》えて釣っている人々が、綿津岬中にいますしね。綿津岬の魚を一丁目が独占しているというくらいだし、自治会が野放しにしているわけがない。彼らは公認の釣り人なのでしょう」

「その人達に聞き込みをするんですね?」

取材慣れしている日向は、腕まくりをしてやる気を出す。だが、雨宮は「いいえ」と言った。

「容易に教えてくれるとは思えない。教えてくれたとしても、当たり障《さわ》りのない情報だけでしょう。自分が住んでいたアパートの大家のように」

　彼らは笑顔を張り付かせ、味方のふりをしてこちらを欺《あざむ》く。そして余所見《よそみ》をしている隙《すき》に、口封じをすべく致命傷を与えようとするのだ。

「だから、自分の足で綿津岬の魚のルートを追いたいと思います」

「危険じゃないですか……？」

　一ノ瀬が恐る恐る問う。

「危険ですよ。でも、危険を冒《おか》さずに得られるものなんて、たかが知れていると思うんです」

　雨宮の前に突き付けられているのは、マレビトを封印して綿津岬を救うか、綿津岬を壊してでもマレビトを解放して浅葱の悲願を果たすかという、大きな選択である。

　マレビトを解放するにしても、綿津岬のことを一つでも多く知っている必要がある。そうすることで、少しでも被害が減らせるかもしれないから。

「尾行と潜入は、自分一人でやります」

「いやいや。自治会と鉢合《はちあ》わせて乱闘なんかも有り得そうですし、俺も行きますよ」

　日向は、軽くジャブを打ちながら言った。

「しかし、巻き込むわけには……」

「でも、万が一のことがあって雨宮さんがいなくなったら、浅葱さんも悲しむし、俺達も号泣《ごうきゅう》ものですからね！」

力説する日向に、一ノ瀬も頷いた。

「そういうことなら……」

雨宮は、日向について来て貰《もら》うことにした。一ノ瀬も役に立ちたがっていたが、彼女には別の依頼をすることにした。

「大学以外――それこそ、コンビニに来るお客さんにも、それとなく危機感を植え付けて欲しいんです。『最近は地震が多いですね。心配です。防災してますか』くらいの日常会話で充分なので」

「分かりました」

一ノ瀬は、双眸《そうぼう》を使命感で燃やしながら頷いた。

それくらいの日常会話であれば誰もが思いつくことだし、自治会に目を付けられることもないだろう。コンビニにはあらゆる客がやって来るので、危機感を伝播《でんぱ》するにはもってこいだった。

「店長にも、防災グッズを目立つ棚に置いてくれないか提案してみますね」

「それはいい。防災グッズを見るだけで、地震のことを思い出して危機感が煽《あお》られますしね」

「売り上げが上がれば、店長も喜びますし」

一ノ瀬は微笑《ほほえ》む。

住民の防災意識を高めるという行為に、合理的な理由があるのは心強かった。雨宮達の真の狙《ねら》いを隠すカムフラージュになる。

「それじゃあ、今後の方針も決まったことですし、頑張りますか」

日向は皆の前に、そっと右手を差し出した。

雨宮と一ノ瀬は、きょとんとしてしまう。

「どうしたんですか、日向さん」

「いや、円陣ですよ！　なんかこう、気合が入ることをしたいじゃないですか！」

「ああ。座ったままですが、付き合いましょう」

雨宮は淡々とした様子で手を重ね、一ノ瀬は「そうですね。気合を入れておきましょうか」と気遣うように応じた。

「二人の大人の優しさが身に染みるなぁ……」

日向は若干遠い目になりながらも、「無事に浅葱さんを救い出すぞ！」と気合を入れたのであった。

綿津岬の釣り人は、どの時間帯でもぽつぽつと目にすることが出来た。皆、運河に向かって釣り糸を垂らし、ぼんやりと水面《みなも》を眺めながら魚を待っている。活き活きとした目で楽しみながらやっている人間を、雨宮達は見かけたことがなかった。

これらのことから、いつの時間帯も魚は釣れる。しかし、趣味で釣りをしている者は実はおらず、使命を帯びたと思《おぼ》しき釣り人しかいない、ということが分かった。

「俺も釣りは好きですけど、濁《にご》った眼のぶよぶよした魚は釣りたくないなぁ」

物陰に隠れながら、日向は言った。

「やっぱり、空気が綺麗《きれい》な渓流《けいりゅう》で釣りをするのが一番ですよ。肥え太って弛《ゆる》んだ身体の魚よりも、身が締まった魚の方が美味《おい》しいに決まってますし」

「つまり、趣味人は綿津岬ではなく、外に行ってしまうということなんでしょうね」

雨宮もまた、物陰に隠れながら小声で応じた。

彼らが綿津岬の運河にやって来たのは、早い時間だった。早朝であれば、何も知らない住民に気取《けど》られることなく魚を運搬し、秘匿《ひとく》している場所に行ったり出来ると思ったのである。

朝は比較的涼しいが、霧がひどかった。じっとりと湿っていて息苦しく、あまりの磯臭《いそくさ》さに、海の中にでも放り込まれたかのようだった。

そんな濃霧の向こうに、釣り竿《ざお》が一本、二本と並んでいるのが窺《うかが》えた。ずらりと並んだその数は、日中に見かける本数よりも遥《はる》かに多かった。

「やっぱり、早朝のうちに沢山釣るみたいですね。この分だと、一丁目の住民に行き渡るくらい釣れそうだな」

「でも、どうして釣り竿で釣るんですかね。船を使って網で獲った方が早くないですか？」

日向は首を傾げる。

「船を使うと目立つからじゃないですか？　飽くまでも秘密裏《ひみつり》に、綿津岬の魚を獲りたいのかもしれない」

「ますます怪しい……」

日向は胡乱《うろん》な眼差《まなざ》しで、霧の中にによっきりと生えた釣り竿を見やる。濃霧は雨宮達を隠してくれたが、釣り人達も隠していた。霧の中から生えた棒状のものが、釣り竿ではなく異形《いぎょう》の存在だとしてもおかしくなかった。

「あっ……」

しばらくして、釣り竿が一つ、また一つと姿を消す。雨宮と日向は顔を見合わせると、足音を忍ばせて釣り人達に近づいた。

彼らは釣り具をしまい、クーラーボックスを手にしてその場を後にする。全員無言で、ぞろぞろと一か所に向かって。

雨宮と日向も、霧に紛《まぎ》れながらその後を追った。

彼らは本当に一言も話さず、しかも皆うつむいているので、動く屍《しかばね》のようにも見えた。そんな彼らの背中を追っている雨宮もまた、自分が現実から蜃気楼の中へと迷い込んだかのような錯覚《さっかく》に陥《おちい》っていた。

しばらく運河に沿って歩くと、倉庫のようなものが目の前に現れた。

霧をまとった建屋は、錆《さび》だらけのボロボロで、一見すると取り壊し損《そこ》ねた廃墟にしか見えなかった。

だが、釣り人達はクーラーボックスを手にしてその中に入り、手ぶらで出て来たのだ。雨宮達は彼らに続いて建物に潜入し、錆《さ》びついた機材の背後に隠れた。

「ここ、一丁目にだいぶ近いですよ」

「神谷《かみや》さんが隣のクラスの子に聞いたという話は、信憑性が増して来ましたね」

最後尾にいた釣り人が倉庫の中にクーラーボックスを置くと、開放されていたシャッターは厳《おごそ》かに閉められた。

倉庫内に暗闇と沈黙が訪れる。中に閉じ込められた雨宮達は、他に誰もいないのを確認すると、非常灯《ひじょうとう》を頼りに動き出した。

「ここで一時保管して、一丁目に持って行くんですかね。それにしても、クーラーボックスごと置いていくなんて、雑だなぁ……」

「すぐに移動させるということなんでしょうね。早めに調査を終えないと」

雨宮は携帯端末のライトで辺りを照らす。

一丁目まで尾行しなくても、魚の流通に関する資料さえ確認出来れば充分だ。雨宮に必要なのは、証拠ではなく情報なのだから。

「あった……」

事務員のものと思しき机の上に、地図があった。赤いペンでなぞられた道は、紛れもなく魚の流通ルートだ。

「やっぱり、一丁目に向かうのか」

赤いマーキングは、倉庫から一丁目にしか延びていない。だが、その詳細なルートは不自然さがあった。

「一丁目の家全てに、魚を配っているのか……？」

マーキングは血管のように張り巡らされ、一丁目の家々をつぶさに回っていた。

ただ一軒を除いては。

「これは、漣《さざなみ》さんの家か」

漣婦人の家には、『家主拒否』と書き添えられていた。どうやら、漣夫人は綿津岬の魚を断っているらしい。

それが何故かは分からない。

しかし、それよりも、一丁目の家々に魚を配っている方が気になった。売らずに配布する理由は何か。利益よりも優先することとは何か。

雨宮が考え込んでいると、クーラーボックスの中を検《あらた》めようとしていた日向が、「ひえっ」と声をあげた。

「どうしました⁉」

「雨宮さん、こっち……」

日向は、真《ま》っ青《さお》な顔で雨宮を手招きする。彼の唇からも、すっかり色が失われていた。

雨宮の腹に、ずっしりと嫌な予感が立ち込める。重くなる足に鞭《むち》を打ちながら、日向のもとへと急いだ。

開け放たれたクーラーボックスの中には、でっぷりと肥え太った魚が数匹入っていた。身体は明らかに肥大化し、鱗《うろこ》の上からも肉と脂肪がたっぷりとついていることが容易に知れた。

だが、目は白濁していて口は半開きになり、そのくせ、尾びれを激しく振って、クーラーボックスを揺らしている。

「まだ、こんなに元気なのか……？」

「普通なら、時間が経《た》つうちに大人しくなるんですけどね……」

日向は、自身の経験と比較しているようだった。しかし、目の前の魚は、今釣り上げられたと言わんばかりに、勢いが衰えていなかった。

「一体、何を食ったらこうなるんでしょう」

あまりにも肥えている魚を眺めながら、雨宮は問う。

「祭りの時に放り込まれた餌《えさ》は、もうないでしょうしね……。やっぱり、人間の死体が……」

「いや。それならば事件になるはず」

運河は豊洲などにも繋がっている。遺体の一部でも流れ着けば、警察沙汰《ざた》になる可能性は高い。

「そうだ。運河は繋がっている。水質は他と変わらないはずなんだ。なのに、どうして綿津岬の魚だけ、こんな有様なんだ……？」

雨宮は、魚の口や腹をじっと観察する。目の前の魚からは、つんとした刺激臭がした。綿津岬全体を包んでいる、あの濃厚な磯の臭いも漂《ただよ》っていた。

「ひどい臭いだ……」

綿津岬の磯臭さを濃縮したようだった。雨宮が思わず鼻を覆《おお》おうとしたその時、倉庫の奥から、がたんと物音がした。

雨宮と日向は、咄嗟《とっさ》にクーラーボックスを閉めて物陰に隠れる。

しかし、誰かがやってくる気配はない。倉庫の奥にある古びた鉄の扉の向こうから、がたん、がたんと不規則な音がしているだけだ。

二人は顔を見合わせると、足音を忍ばせて音のする方へ歩み寄った。

雨宮がドアノブを用心深くひねると、錆びついた扉はぎこちないながらもゆっくりと開いた。

「うぐっ」

日向が声を詰まらせる。雨宮も危うく、呻《うめ》きそうになった。

クーラーボックスの中よりも更に濃い、海の生き物の死臭だ。暗くて狭い室内は、生き物の死で満たされていた。

「廃棄場か……？」

室内には、ダストボックスと思しき容器が幾《いく》つも並んでいた。音は、その中からした。

日向は鼻をつまみながら、音のするダストボックスの蓋《ふた》に手をかける。彼がそっと開けたのを見計らい、雨宮が中を覗《のぞ》きこんだ。

「…………！」

声にならない悲鳴が、ひゅっと雨宮の喉《のど》から零《こぼ》れる。続いて中を覗いた日向もまた、へなへなと腰を抜かしてしまった。

ダストボックスの中には、身を切られた魚が廃棄されていた。

骨と頭部だけになったそれは、ダストボックスの中で蠢《うごめ》いていた。クーラーボックスの中にいた魚と同じ動きで、真っ白になった目で虚空《こくう》を眺めながら。

「ど、ど、どういうことです⁉」

日向は腰を抜かしたまま、涙目で問う。

「それはこちらが知りたいくらいですよ……。あの魚、明らかに死んでいるのに」

音は少しずつ小さくなり、やがてはぱったりと途絶えた。息絶えたのだろうと思ったが、雨宮は確認する気になれなかった。

「あんな魚を、食ってるんですか？　一丁目の人達は！」

「ええ。ご丁寧に、一軒一軒に配っているようですね」

雨宮は視界が歪《ゆが》むのを感じた。あまりのショッキングな出来事に、意識を手放しそうになったらしい。

しかし、ここで倒れるわけにはいかない。綿津岬に隠された秘密の、核心に近づいているというのに。

雨宮はふらつく足で、壁に貼られた地図のようなものに歩み寄る。

それは、綿津岬周辺の運河を記したものだった。綿津岬周辺は、『汚染地域』と記されて、真っ赤に塗られていた。

「これ、さっき、釣り人がいた場所ですよね」

壁を頼りに立ち上がった日向が、震える声で地図の一角をさす。その一帯は赤く染まっていた。そして、今まで見た釣り人がいた場所も。

「綿津岬周辺が、何に汚染されているっていうんですかね……」

日向は固唾《かたず》を呑《の》む。

そんな彼の前で、雨宮は注意深く地図を見つめていた。

汚染地域は、確かに綿津岬のほとんどを囲んでいた。だが、三丁目は比較的、汚染されている範囲が少ない。地形や海流の関係か、それとも……。

「違う」

「どうしたんです……？」

「これは、綿津岬を中心に汚染が拡がっているんじゃない」

雨宮が言っていることを、日向は理解出来ないようだった。首を傾げながらも、次の言葉を待つ。

「よく見て下さい。汚染地域の真ん中に、何があると思います？」

「海神《わたつみ》神社……！」

日向が言うとおり、汚染地域とされて真っ赤になった部分の真ん中には、海神神社が存在していた。だから、埋め立てられたのが比較的最近であり、海神神社から遠い三丁目は、汚染されている範囲が狭かった。

「まさか、マレビト……」

「ええ。海神神社の下にはマレビトがいる。そのマレビトが、汚染とやらを引き起こしているんですよ」

その汚染とやらの影響を受けた魚は、異様に肥え太って有り得ないほどの生命力を得る。そんな魚をわざわざ釣って、一丁目の人間に配り歩いている。

「綿津岬に集まった魚は、マレビトの汚染の影響を受けていたんです。きっと、岩《がん》礁《しょう》が現れたという江戸時代の頃から」

「えっ、それじゃあ、江戸時代の人達も汚染された魚を食べていたんじゃ……」

日向は目を丸くした。

「しばらくの間は、そうだったかもしれませんね。しかし、綿津岬に集まった漁師達も、その魚を売りさばいて生活が安定し、躍起になって出荷しなくてもよくなったのかもしれない」

それゆえに、汚染された魚が外部に拡がらずに済んだのかもしれないし、魚の異様さに気付いた人がいて、流通を止めたのかもしれない。

「いずれにしても、古くから綿津岬に住む人間は、汚染された魚を口にしています」

「古い綿津岬の人間っていうことは、一丁目の人達はずっと……」

息を呑む日向に、雨宮は「ええ」と頷いた。

「そして、綿津岬にマレビトを引き留めた張本人、ミチルも」

「まさか、汚染された魚を食べると、不老不死になるとか……」

「有り得ない話ではありません」

八百比丘尼《やおびくに》の話が頭を過《よぎ》る。

人魚の肉を喰《く》らった女性が、不老長寿となってしまい、親しい者達が先立つところを目にしなくてはいけなくなる話だ。この伝説は日本各地に伝わっており、雨宮は興味深いと思って調べていた時期があった。

「ここでは人魚の肉ではありませんが、異界の存在に汚染された魚を食っているので、同じような状況かと。人魚の肉というのは異界の象徴ですし」

ただし、ミチルの言っていることが本当ならば、彼女は成熟した女性から若い娘へと若返っている。そこが、伝説と違うところか。

「汚染と書いてありますが、マレビトの呪いのようなものなのでしょう。恐らく、本人には止められないものなんです。悪意があってやっているわけではなく、我々とは違う場所の存在だから歪みが生じてしまう……」

日本に外来種が入ってきたことにより、在来種が激減してしまうという事例がある。しかし、外来種は悪意があって在来種を追いやっているのではなく、彼らはそうすることでしか生きられないのだ。

この場合、在来種が減った根本的な原因とされるのは、自分の都合で外来種を持ち込んだ人間である。マレビトも、まさにそれと同じなのだろう。

「じゃあ、ますますマレビトは解放した方がいいんじゃあ……」

封印を解いて解放することが出来るのならば、本来の住処《すみか》に還《かえ》せるのだとしたら、歪みを小さくすることが出来るだろう。

だが、ミチルはそうせず、マレビトを引き留めておきたいのだ。マレビトが動けば綿津岬の街がただでは済まないという尤《もっと》もらしい理由もあるが、他の意図もあるのだろう。

「マレビトの呪いを、定期的に摂取しなくてはいけないのでは？」

雨宮の考察に、日向もまた、「あっ」と声をあげる。

「だから、一丁目の人達に、呪いで汚染された魚を配布しているっていう……」

「そうです。彼らはきっと、呪われた魚を喰らわなくてはいけない身体になってしまった。だからこそ、魚を独占したがるのではないでしょうか」

綿津岬の魚が外部に出荷されなくなったのも、そのためかもしれないと雨宮は思った。

「でも、漣さんの家は魚を拒否しているんですよね？」

「彼女は一度、綿津岬の外に嫁ぎました。一丁目の人間ですが、外部の人間とそれほど変わりがないのでしょう。それに、彼女は年齢相応です」

ミチルと違い、ちゃんと年を取っていた。彼女は雨宮達が生きているうちに、彼女は天寿を全《まっと》うするだろう。

「一丁目の人達は、見た目と年齢が一致しないのかもしれません」

「だ、だけど、老人が多いですし……！」

日向はまだ状況を受け入れられないのか、声をかすれさせながらも否定する。だが、雨宮は頭を振った。

「その老人の一部が、江戸時代から生きている可能性だってあるんですよ」

「な……」

マレビトの呪いが、人の寿命を延ばしたり若返らせたりすることが出来るのならば、とうに寿命を終えているはずの人間が生きていてもおかしくない。そして、その秘密を守ろうと躍起になるのも頷ける。排他的になり、危険人物は排除したがる理由も。

彼らはマレビトの呪い——いや、恩恵を賜《たまわ》りたいがために、マレビトを縛《しば》り付けているのだ。

「俺達のような外部の人間を綿津岬に住まわせるのは、カムフラージュなのかもしれません。人の出入りがあまりにもない街は、こんな都心であれば不審に思われるでしょう。だから、敢えて家賃を安くし、外部の人間を呼びつつも、一丁目に寄せ付けないようにして秘密を守っているのかもしれない」

「『木を隠すなら森の中』ってやつですか。確かに、江東《こうとう》区は新しいマンションも多くて余所者《よそもの》が集まりやすい場所だし、そういう人達は厄介《やっかい》ごとを避けて深く干渉しない傾向にある……」

「そう。わざわざ禁忌《きんき》を犯して一丁目に足を踏み入れる可能性は低い。何故なら、周囲に溢《あふ》れるほどの娯楽があるのだから」

橋を渡れば大型の商業施設がある。ゆりかもめに乗れば、毎日のようにイベントを行っている東京ビッグサイトもある。お台場《だいば》も近いし、テーマパークも遠くはない。そんな環境にいる人間達が、その土地の人間に目を付けられるのを覚悟で、わざわざ一丁目の秘密を暴《あば》こうとはしない。

例外を除いては。

「イベントごとに興味がなさそうな雨宮さんがこの街に来たことが、彼らの最大の誤算ですかね……」

「その誤算がどう転ぶかは、これからの自分次第というところでしょうか」

雨宮と日向は携帯端末で地図を撮影すると、足早に廃棄場を後にする。

「マレビトの呪いに汚染された人々は、ある意味、マレビトと一つになっているのかもしれない。だから、橋を渡って豊洲に来られないのかもしれません」

「まさか、魔物説が本当になるなんて」

日向は頭を抱える。

「だから、豊洲は安全だ。日向さん、何かあったら、一ノ瀬さん達を連れて豊洲に逃げて下さい」

「そりゃあ勿論《もちろん》。でも、そんな死亡フラグでも立てるような言い方しないで下さいよ」

縁起でもない、と日向は苦笑した。

二人は裏口を見つけ、倉庫からこっそり抜け出す。綿津岬の真実を暴いたのならば、長居は無用だ。

「今のこと、神谷さんにも伝えておきます。あと、徳井さんにも教えておいた方がいいかな。壮年の方なので、我々のような若造よりも説得力がありますし」

いざ、マレビトが動き出した時に、徳井のような年齢の人間が避難を誘導してくれると心強い。避難する人達も、安心して従うだろう。

「雨宮さん、いつの間にか知り合いが増えてますよね。すごいなぁ」

イケメンだなぁ、と呟く日向に、顔は関係ないのではと思いながらも、雨宮は言った。

「浅葱が縁を繋いでくれているようなものです。俺は、そんな彼の想いに応えたい」

「でも、寂しくなりますよね」

日向はほんの少し、遠い目で言った。

「何がです？」

「浅葱さんですよ。マレビトが解放されたら浅葱さんも解き放たれて、遠くへ行っちゃうんでしょう？」

「あっ……」

雨宮は思わず声をあげた。

「まさか、雨宮さんともあろう人が、思い至らなかったわけじゃないですよね？」

日向は目をぱちくりさせる。まさしく、図星だった。

「全然思いつかなかった。浅葱の願いを叶《かな》えることばかり考えていて」

「雨宮さんは、肝心なところでぼんやりし過ぎでは……。まあ、イケメンはそのくらい抜けていた方がいいのかもしれませんけど」

日向は、雨宮の背中をポンポンと叩く。

「浅葱さんに会えるなら、ちゃんとお別れを言った方がいいですよ。俺も一ノ瀬さんも挨拶《あいさつ》をしたいとは思うんですけど、なんかもう、浅葱さんに向かって真っ直《ます》ぐな雨宮さんの背中を押したいっていうか」

そんなことを一ノ瀬とも話していたと、日向は言った。しかし、雨宮の耳には、意味をなさない断片的な単語しか入って来なかった。

その時だった。ずずん、と大地が揺れ動く。足の裏から突き上げるような、嫌な地震だ。

「マレビトが……」

「今のは、最近の中でも特に大きいですね。もしかして、かなり限界なのかも」

日向は、携帯端末で地震情報を確認する。やはり、綿津岬周辺しか揺れていないようだった。

今のまま放置していても、地震が頻発すれば住民は無事では済まない。それに、怪異に悩まされる人達も増えるだろう。

「封印の解き方、調べましょう。漣婦人にも話を聞きたいので、俺が行きます」

「じゃあ、その後はまた作戦会議ですかね。自分は、避難の周知をそれとなく進めておきますよ」

分かれ道までやって来て、二人はお互いの無事を祈りながら、それぞれの勤務先へと向かう。雨宮はアルバイトのシフトが入っていたので、コンビニに向かう必要があった。その道すがら、一ノ瀬と彩子、徳井にもメッセージを送信する。

しかし、彼の頭の中は浅葱のことでいっぱいだった。

封印を解けば、浅葱と別れなくてはいけない。籠の中にいた美しい蝶々《ちょうちょう》は、自分の手の届くところから飛び立ってしまう。

「なにを考えているんだ……」

それでいいではないか。恩人である浅葱が、それを望んでいるのだから。

だが、雨宮の気分は晴れなかった。浅葱のいる『ニライカナイ』に、ずっと入り浸《びた》っていたいとすら思った。

自分も、マレビトの呪いに中《あ》てられたのか。美しい蝶々の鱗粉《りんぷん》は、中毒を起こすものだったのだろうか。

雨宮は雑念を払おうと、頭を振った。

だが、コンビニ近くの角を曲がろうとした瞬間、後頭部に強い衝撃を受けた。

「えっ……」

ずいぶんと間の抜けた声が口から漏れる。視界はあっという間に暗転し、身体は道路へと叩き付けられた。

昏倒《こんとう》する寸前、雨宮は見てしまった。作業服を着て帽子を目深《まぶか》に被《かぶ》った初老の男——自治会のメンバーが、鈍器を手にしているところを。

そして、彼は倉庫で見た魚のように濁った瞳で自分を見下ろし、どんよりとした磯臭さをまとっていたのであった。

第十二話

来訪神の帰還

ひどく湿った感じがする。

綿津岬《わたつみさき》の街を歩いている時よりも、ずっと濃い海の臭いだ。

自分の呼気すらも、魚のような生臭さが漂《ただよ》っているような気がする。

「お目覚めかしら？」

ひんやりとした声に、雨宮《あまみや》の意識は完全に覚醒《かくせい》した。

「ミチル……」

雨宮が寝かされているのは、狭い座敷だった。

格子の向こうに、巫女《みこ》装束《しょうぞく》をまとったミチルが佇《たたず》んでいる。自分が座敷牢に閉じ込められていると気付くのに、少し時間を要した。

全身がズキズキと痛む。一体どれほど長く、意識を手放していたのか。

「最悪の目覚めだ……」

「そう。でも、これから一仕事して欲しいのよ」

ずぅうんと、地響きが畳越しに伝わってくる。座敷牢全体が揺れ、異様に低い天井から土がぱらぱらと降って来た。

「そろそろ限界ね。封印をしないと。あなたには、もう少し時間をあげたかったんだけど」

「このままだと、封印が解けるのか？」

「そうね。もう、杭《くい》が抜けかけている」

「杭？」

「見れば分かるわ」

ミチルは不透明な笑《え》みを浮かべる。だが、その笑みもすぐに消え失《う》せた。

「マレビトと最も強い縁《えにし》を持つあなたなら、杭を打って封印が出来るはず。そうすればまた、綿津岬の人々は平和に暮らすことが出来る……」

「平和？　マレビトの汚染に満たされながら、永久《とわ》を生きることが？」

「ええ。皆が死ななければ、誰かが先立つところを見なくて済むもの」

ミチルは、確信に満ちた目で言った。

彼女もまた、我が子に先立たれた母親だ。親しい者が先立つ悲しみを何度も味わっているのだろう。伝説の八百比丘尼《やおびくに》と同じだ。

「だから、一丁目の人間に魚を配っているのか。マレビトの呪《のろ》いに蝕《むしば》まれた魚を！」

「彼らの望みでもあるの。彼らは、現世に留《とど》まることを望んでいるのよ。子孫をこの綿津岬で守り続け、未来永劫《みらいえいごう》を生きるというのが彼らの望みなの。呪われた者は子をあまり産めなくなってしまうけど」

「そんな大それたことを……」

「あなたには分からないでしょう。あなたから続く家族がいないのだから」

ミチルは、憐《あわ》れみすら滲《にじ》んだ目を雨宮に向けた。

「私達は、マレビトの呪いを取り込み、この世のものでもあの世のものでもなくなってしまった。極楽にも天国にも行けないでしょう。恐らく、地獄にもね。だから、留まり続けることにしたのよ」

「ニライカナイは」

「え？」

「ニライカナイには、行けないのか？」

浅葱《あさぎ》が待つ喫茶店ではなく、海の向こうの彼岸《ひがん》のことだ。浅葱が海の向こうを目指すのなら、マレビトの呪いに冒《おか》された彼らもまた、海の向こうに渡れるのではないだろうか。

「どうでしょうね」

ミチルは苦笑するように唇を歪《ゆが》めた。

「本当にあるのかしら、ニライカナイなんて」

「信仰というのは、あると思えば存在する。……そういうものだ」

「不確かなものよりも、私達はここにいることを望むわ」

「悪夢に苛《さいな》まれる歪んだ街を維持しながら？」

「多少の不都合は仕方のないことよ。完璧な街なんてないでしょう?」

多少の不都合という言葉に、雨宮は腹の底から込み上げるものを感じた。

雨宮が怪異に悩まされたことも、一ノ瀬《いちのせ》や日向《ひゅうが》達が恐ろしい想いをしたことも、多少の不都合だと言うのか。自分達を蝕んだ怪異は、浅葱がいなければ解決出来なかったというのに。

「私はこの綿津岬を繁栄させたい。共に歩んできた者や、子孫達のためにもね。だから、あなた達のような外から来た人達には、その手伝いをして欲しかったのだけど」

「こんな怪異まみれの街、住み続けられるものか」

雨宮は、吐き捨てるように言った。

ミチルは、かつて子供を何人か持っていたというし、貧しさで子供を喪《うしな》ったとも言っていた。恐らく、彼女なりに、その埋め合わせをしたいのだろう。もしかしたら、彼女が本来持っていた母性からくる行動かもしれない。だからこそ、高校という同じコミュニティに所属している後輩の彩子《あやこ》には、好意的だったのかもしれない。

だが、そんな彼女の願いによって、この街はずいぶんと歪んでしまった。彼女のエゴのせいで、多くの人が苦しんだ。

「そうね。この街に来る者も多いけど、離れる者も多い。それに、私の封印を手伝った者達は、外部の人間をよく思っていないみたいでね。彼らはとても――慎重だから」

「封印を手伝った者……。つまりは、江戸時代からあんたと一緒に綿津岬を牛耳《ぎゅうじ》っていた人間か……。というと、牛尾《うしお》家の――」

「いいえ」

ミチルの否定が、雨宮の声を遮《さえぎ》る。

「牛尾家の始祖は私一人よ。私はずっと、彼らの協力を得て、牛尾家の長女として祭司を続けてきたわ」

「ずっと……？」

「代替わりしていると、見せかけてね」

祭りの時に、ミチルがお面をつけていたことを思い出す。大勢の前で顔を見せないことで、彼女は正体を隠しているのだろう。高校に在籍しているにもかかわらずクラスに所属していないのも、実際に彼女が『牛尾ミチル』として姿を現すことがないためだろう。恐らく、ほとんどの生徒は彼女の顔と名前が一致しないはずだ。

それでも、彼女は隠すことが出来ないオーラをまとっているが。

「じゃあ、自治会か。江戸時代からの協力者は」

「ええ。自治会を取りまとめている、一部の者達ね」

自治会とミチルの行動方針が一致しないのも、納得が出来た。ミチルは雨宮達のような部外者を受け入れたがっていて、自治会はそれをよしとしていなかったのだ。

「さて、お喋《しゃべ》りもこのくらいにしましょう」

ミチルがすっと手を上げると、奥から二人の和装の男がやって来た。

初老の彼らの顔には、見覚えがある。一人は雨宮を殴《なぐ》って気絶させた男で、もう一人は、自治会のメンバーの一人だ。

恐らく、ミチルが言っていた江戸時代からのメンバーなのだろう。彼らは、雨宮達のような部外者を綿津岬の秘密から遠ざけようとしていた。だが、綿津岬を守りたいという気持ちは、ミチルと同じだった。

「悪いな。これも我らの悲願のため」

「子も、その孫も、この土地で永遠を生きるのだ」

彼らは無表情のまま、濁《にご》った眼で雨宮を見据《みす》える。

「儀式を始めるわ。封印の場所まで案内しましょう」

ミチルがそう言った途端、男達は座敷牢を開け、両脇から雨宮を引っ立てる。彼らは老いているとは思えないほどの力で、雨宮は抗《あらが》うことが出来なかった。

ミチルが先導し、雨宮達は座敷牢を出る。

窓もなく、天井が異様に低い。長身の雨宮は頭を擦《こす》りそうだったので、身を屈《かが》めながら歩いた。

「ここは海神《わたつみ》神社の地下よ」

「神社の地下に座敷牢があるとは、穏やかじゃないな」

「なにかと入用《いりよう》なのよ。こんな時にね」

ミチルは蠟燭《ろうそく》の明かりを掲げながら、振り返らずに言った。

土壁に囲まれた座敷牢を後にすると、そこは洞窟《どうくつ》のようになっていた。海水で湿った道は腸のように複雑にうねり、雨宮は何度も足を滑らせそうになる。

だが、ミチル達は黙々と歩いていた。少しも乱れることなく、一定の歩調で。彼らにとって、この地下なのか海の中なのか分からない道は、庭のようなものなのか。

一歩進むごとに、あの磯臭《いそくさ》さが強くなる。辿《たど》り着く頃には、鼻は完全に使い物にならなくなるだろう。

「これが、封印よ」

ミチルがそう言った途端、視界が開けた。

ぽっかりと空間が広がっていて、鍾乳洞《しょうにゅうどう》のようになっていた。天井からは氷柱《つらら》のような鍾乳石《しょうにゅうせき》が垂れ下がり、海水を滴《したた》らせている。

岩礁《がんしょう》があった場所に海神神社が建っているはずなので、こんなところに鍾乳石が出来るような洞窟があるのはおかしい。きっともう、この場所は常識が通用しないのだろう。

「これは……」

そんな空間の真ん中に、大きな木が刺さっていた。大人一人ほどの大きさで、確かに、杭と呼ぶに相応《ふさわ》しい姿だった。

杭が繋《つな》ぎ止めているのは、溜《た》まった海水からぽっかりと出ている巨石か。

「いや、これが、マレビトか……」

「ええ。これはマレビトの背中。そして、かつて岩礁とされた部分よ」

やけに白くぬるぬるしていて、目に染みるほどの磯臭さを放っている。神というよりは、巨大な怪物のようにも見えた。

マレビトの背中は、時折、びくんと跳《は》ねては鍾乳洞全体を揺らした。

その度《たび》に、雨宮はよろけて倒れそうになる。きっと地上では、地震が起きていることだろう。

（それにしたって、これは……）

いざ、マレビトの背中を目の前にすると、その異様さに気圧《けお》されてしまう。雨宮は目の前のそれが、地球上の生き物とは思えなかった。

だが、それよりも、マレビトが動くその姿が、杭が刺さっている苦痛に耐えかねているようで、憐れで見ていられなかった。

マレビトはずっと、この場所で痛みに耐えながら眠っていたというのか。

そんな雨宮に、ミチルがそっと何かを手渡す。

「これは？」

「これで杭を打てば、封印が出来るわ」

石で出来た鎚《つち》だった。妙に滑らかでしっとりとしたそれは、鍾乳石と同じ色をしていた。きっと、この場所の鍾乳石から作った、儀式的な意味のあるものなのだろう。

「さあ」

男達を下がらせ、ミチルが雨宮を導く。

杭の前まで、木で組まれた階段が続いていた。

ミチルと共に一段進むごとに、折れてしまいそうなほど軋《きし》んだ。ずいぶんと昔に組まれたものなのだろう。

「昔は、私がこの鎚で封印したのよ」

「……今回は、俺じゃないといけないのか」

「そうね。あなたの方が、縁が強くて封印が強力になるもの。それに、私はこんなに非力になってしまった」

若い女子の姿をしたミチルは、皮肉に満ちた苦笑を浮かべる。

「彼らは……」

雨宮を監視している男達を見やる。だが、ミチルは頭《かぶり》を振った。

「残念ながら、彼らもだいぶマレビトに近づいてしまったから」

それを聞いて、雨宮はぞっとする。綿津岬で獲れた魚と同じ濁った眼をしている男達から、思わず目をそらした。

そうしているうちに、階段の終わりに——すなわち、マレビトの真上に辿り着いた。鎚を振り下ろせば杭に当たるという位置までやって来た雨宮は、マレビトの真っ白な肉に、巨大な杭が痛々しく食い込んでいるのを間近で見た。

「さあ。鎚を振り下ろして」

ミチルの滑らかな指先が、雨宮の手の甲をするりと撫《な》でる。マレビトは再び悶《もだ》えるように震え、鍾乳洞は激しく揺れた。

「もし、拒否したら？」

雨宮は、マレビトに打ち込まれた杭を見つめたまま問う。

「あなたで杭を打ってもいいのよ？」

ミチルは囁《ささや》くように言った。

その言葉に、雨宮はぞっとする。ミチルは、雨宮の助けなどなくても封印をすることが出来ると言っているのだ。

雨宮の意志が邪魔ならば、排除してしまえばいい。息の根を止めてから、雨宮の手に鎚を握らせて封印をするか、雨宮自身を杭の上に突き落とせばいいとでも思っているのかもしれない。そして、そのための自治会の男達か。

彼らは、マレビトの呪いに汚染された魚を喰《く》らっている。老いが始まったばかりと言わんばかりの姿だが、本来はもう、この世にはいるはずのない年齢なのだろう。彼らが見た目に不相応なほどの力を持っているのも、身体中に若々しい力がみなぎっているからなのだろう。

ただし、彼らの目からは明確な意思が感じられない。魚のように、表情が読み辛《づら》いものになっていた。それもまた、マレビトの呪いに冒され、マレビトに近づいた証拠なのか。

「あなたにも、利益があると思うのだけど」

硬直したまま動かない雨宮に、ミチルは誘惑するように囁く。耳に触れる彼女の吐息もまた、磯の臭いがした。

「利益……だって？」

「あなたを救った蝶々《ちょうちょう》を、引き留めておくことが出来るわ」

浅葱の姿が、雨宮の脳裏《のうり》を過《よぎ》る。

封印が解かれれば、籠《かご》の中の蝶々は海の向こうまで飛び立ってしまう。しかし、ここで鎚を下ろせば、蝶々を繋ぎ止めておくことが出来る。それこそ、昆虫標本のように。

雨宮は薄々気付いていた。

雨宮が浅葱に執着《しゅうちゃく》しているのは、ただの感謝の気持ちからではない。浅葱にどうしようもなく惹《ひ》かれているのだ。

あの美しさと儚《はかな》さと、彼が生み出す安らぎの空間が愛《いと》おしくて。好奇心が赴《おもむ》くままに、彼の内側を覗《のぞ》こうとしていた。

浅葱のそばに、居心地の良さを感じていた。出来ることならば、ずっとあの喫茶店に通い続けたいと思っていた。

マレビトがいなくなれば、そんな居心地がいい場所も消え失せてしまう。

「くっ……」

雨宮はぐっと鎚を握り締め、高々と上げた。

その時、ふと、雨宮の耳に届いたものがあった。背後から聞こえる水の撥《は》ねるような音は、足音だろうか。

「さあ、早く。蝶々が逃げてしまう前に」

「耐えてくれ、マレビト……！」

急《せ》かすミチルに促《うなが》されるように、雨宮は鎚を振り下ろした。

ただし、杭の横《よこ》っ面《つら》を目掛けて。

「なっ……！」

ずるん、と大木で出来た杭は呆気《あっけ》なく外れた。マレビトの背中には、痛ましい空洞が出来ていた。だがそれも、マレビトがぶるりと震えると、白い肉に埋まっていく。

「なんてことを！」

ミチルは、鬼気《きき》迫る形相で雨宮に摑《つか》みかかろうとする。控えていた男達もまた、雨宮に襲い掛かろうとしたが、彼らは背後から突き飛ばされ、溜まっていた海水の中に落ちた。

「あ、雨宮さん……！」

「日向さん！」

男達を突き飛ばしたのは、真《ま》っ青《さお》な顔をした日向だった。彼は、ミチルが呆気に取られている隙《すき》に、雨宮の手を引いて鍾乳洞を脱出する。

「どうしてここに！」

「雨宮さんがなかなか帰って来ないから、まさかと思って……。それで俺、漣《さざなみ》さんの家に行ったんです！」

漣家の場所は、倉庫の地図を撮影した日向も知っていた。日向は漣婦人を訪ね、雨宮が彼女の家に来ていないことを知った。

「どうして、この場所が？」

「そりゃあ、雨宮さんが失踪《しっそう》したとしたら、封印の場所に連れて行かれたと思うじゃないですか！　そして、封印がある場所なんて、マレビトがいるところに決まってるじゃないですか！」

「まあ、確かに……」

日向は、雨宮を引っ張りながら必死に走る。何度も滑りそうになりながらも、二人は狭い通路を抜けた。

「ここに入り込めたのは、漣さんのお陰です！　あの人も、雨宮さんのことを心配していて……」

「漣さんが？」

座敷牢の前を通り過ぎ、狭い階段を上ると、海神神社の社殿《しゃでん》に出た。丁度、あのマレビトの絵画の裏に、抜け道があったのだ。

社殿の前では、辺りを気にしながら漣婦人が待っていた。

「漣さん！」

「ああ、雨宮さん。ご無事で……！」

漣婦人は、雨宮の姿を見て胸を撫で下ろす。

年を取っているとはいえ、漣婦人はミチルとよく似ていた。やはり彼女はミチルの子孫なのだなと、雨宮は実感する。

「早くこの場を離れないと。自治会の人達にはそれとなく理由をつけて追い返していましたが、そろそろ限界で……」

「それはそうと、よかったんですか？」

社殿から離れながら、雨宮は漣婦人に問う。彼女は一度綿津岬を出た身とはいえ、牛尾家の分家なのに。

「日向さんから話は聞きました。私も、綿津岬や牛尾家の在り方には疑問を抱いていたのですが……」

彼女は、ミチルが綿津岬の始祖たる存在であることを知らなかった。一丁目の家々にだけ綿津岬の魚が配られる理由も知らなかったが、食べることは習慣づけられていた。

だが、彼女はいつしか、あの肥え太った魚を口にしなくなった。丁度、弟が亡くなった頃からだった。魚を口にする度に、肉親を喰っているような気持ちになったからである。

最初は食べている振りをしていた。そうでなければ、綿津岬の人々や牛尾家に怪しまれるからと。

だが、雨宮が弟の写真を持って来てくれてからは、魚の配布をきっぱりと断ることにしたのだという。

「あの魚、或る程度の年齢になった時に、食べることを義務付けられるのです。私も、誕生日祝いに、あの魚を振る舞われました。でも、あの魚を口にすると、自分が自分でなくなっていく感じがして……」

内側から何者かに浸食されるような、それでいて、妙に力が湧《わ》いて来るような、そんな薄気味悪さを感じていたという。

「とんだ誕生日プレゼントですね……」と雨宮は渋面《じゅうめん》を作った。

「洋輔《ようすけ》によく似た姿の方が旅立ちたいと思うのであれば、私はその方の願いを叶《かな》えたいと思ったのです。それが、洋輔をあるべき場所へと送ることになる気がして」

「……海の向こう、ニライカナイに」

「ええ。また戻って来るために」

漣婦人は、しっかりと前を見据えていた。彼女は魂《たましい》が還《かえ》る場所を信じ、前に進もうとしているのだろう。

そんな中、大地が小刻みに揺れていた。よろめく漣婦人を、雨宮は咄嗟《とっさ》に支える。

今までの激しい揺れとは異なり、何かが胎動《たいどう》しているような振動だった。マレビトが、動き出そうとしているのだ。

「出来るだけ、皆さんを綿津岬から避難させないと！」

雨宮は、予《あらかじ》め作っていたグループチャットに、マレビトが動き出したから避難して欲しいというメッセージを送る。一ノ瀬も彩子も、徳井《とくい》もすぐにそれを確認したようで、あっという間に既読がついた。

「防災無線の位置は把握してます！　俺、誘導しますから！」

日向もまた、漣婦人を雨宮に任せて防災無線の方へと走る。「お気をつけて！」と見送る雨宮に、「雨宮さんも！」と日向は叫んだ。

振動が徐々に大きくなる。大地と共に視界が揺さぶられて気持ちが悪い。しかし、雨宮は漣婦人を支えながら、豊洲へと続く橋に向かって走った。

程なくして、防災無線を通じて、住民へ避難を呼びかける日向の声が聞こえた。あちらこちらには、子供の手を引く親や、防災グッズを抱えて逃げ出す人、身一つの人や、何故《なぜ》か箪笥《たんす》を背負っている人までいた。

だが、その中で、流れに逆らう人々がいる。彼らは皆、年老いていて、自治会の男達のように濁った眼をしていた。

マレビトの呪いを受けた者達だ。雨宮は逃げ惑う人々に紛《まぎ》れながら彼らを見守る。彼らは皆、ぞろぞろと海神神社へと向かっていた。まるで、マレビトにすがるかのように。

「いや。ミチルにすがっているのか……？」

やはり、彼らは橋を渡れないのだ。だから、逃げることをせず留まろうとするのだ。

彼らが本来、行くべき場所へ行けるようにと祈りながら、雨宮は漣婦人と共に走った。彼女もまた、複雑な表情で老人達を見送っていたが、橋を目指す人々の背を押し、励ましながら、気丈《きじょう》に振る舞っていた。

揺れは徐々にひどくなり、一丁目の石塀《いしべい》が崩れて瓦《かわら》屋根が落ちる。二丁目の古いビルも壁に罅《ひび》が入り、窓ガラスがあちらこちらに散らばっていた。

そんな中、ふらふらと何人かが海神神社へと向かうのを目撃した。避難して下さいと声をかけようとする雨宮であったが、彼らも一丁目の老人達と同じく、濁った眼をしていることに気付いた。

「大家さん……」

その中に、雨宮が世話になったアパートの大家もいた。その顔は能面のように表情がなく、好々爺《こうこうや》の笑顔を張り付けてすらいなかった。

彼らも、綿津岬に長く住んでいたため呪いに中《あ》てられたのか、それとも、何らかの方法で自ら呪いを喰らってしまったのか。いずれにしても、もう、この世の人ではないのだなと雨宮は見送った。

三丁目まで来た頃には、アスファルトに大きな亀裂が出来ていた。海水が滲み出し、タワーマンションの敷地が水浸しになっている。だが、ほとんどの人が避難しているようで、マンションの中は人気《ひとけ》がなかった。

「橋だ……！」

雨宮と漣婦人は、ようやく、豊洲に繋がる橋に辿り着く。

揺れは一層激しくなり、まともに立つことすら難しくなっていた。

橋の上は車が長蛇《ちょうだ》の列になっており、ほとんどの人が車を捨てて対岸の豊洲に逃げていた。

雨宮もまた、漣婦人と共に豊洲へと向かおうとしたその時、雨宮の足にまとわりつき、引き留めるものがあった。

「あんたは……！」

雨宮の脚を齧《かじ》り付かんばかりに摑んでいるのは、巫女装束をまとった黒髪の少女ミチルだった。

しかし、彼女の身体は童女と呼べるほどに縮み、巫女装束を辛《かろ》うじて引っ掛けている状態だった。

姿は幼くなっているのに、目だけはぎらついて殺気立っている。美しい貌《かお》を憎悪に歪めながら、彼女は言った。

「これで私達もお終《しま》いよ……。でも、お前だけは道連れにしてやる……！」

雨宮がいくら振りほどこうとしても、ミチルは蛇《へび》のように絡《から》みついて離れなかった。

そんな彼女に、漣婦人は叫んだ。

「もう、いいんです」

「あなたは……」

「もうやめましょう、ご先祖様」

そう言った漣婦人の瞳は、涙に濡《ぬ》れていた。玉髄《ぎょくずい》のような涙を零《こぼ》しながら、彼女は這《は》いつくばるミチルに跪《ひざまず》く。

「今まで見守って下さって、有り難う御座います。私がこの世に生まれることが出来たのも、ご先祖様が命を繋いで下さったからでしょう。……生憎《あいにく》と、私は次に命を繋げることが出来ませんでしたが、生きて幸福を味わうことも出来ました」

辛いことも多い人生だったけれど、その中でも、楽しい思い出はちゃんとあったのだと、漣婦人は涙ながらに語った。

彼女の涙は、憎しみに満ちていたミチルの頬《ほお》を濡らす。するとミチルの双眸《そうぼう》に、ほんの少し、慈愛の欠片《かけら》が戻ったような気がした。

「あなたからは呪いの臭いがほとんどしない……。他の子孫は私と共に消えるけれど、あなたは消えないのね……」

ミチルの表情が、安らかなものになる。

彼女の腕が緩《ゆる》み、雨宮の脚は自由になった。だが、雨宮も漣婦人と共に、その場に立ち尽くしていた。

ミチルは力尽きたように地面に横たわり、指先からサラサラと灰になっていく。

だが、彼女の顔は満足そうであった。

「まさか私が、子孫に看取《みと》って貰《もら》えるなんてね……」

「ミチル……」

数々の死を見届けて来た彼女は、あるべき姿に戻るかのように、灰となって海風に攫《さら》われていった。

彼女は恐らく、妄念《もうねん》となってこの世にしがみついていたのだろう。それが失われたから、旅立つことが出来たのか。

雨宮達はそれを見届けていたが、一層強い揺れが彼らを襲う。二人は追われるように、橋を渡ることにした。

避難する人間は、自分達が最後のようだ。日向は上手《うま》く逃げられただろうかと心配しながらも、罅割れた橋を渡り切ろうとする。

だがその時、ズズゥンと突き上げるような振動が来た。背後で橋が砕ける音がする。

「まずい……！」

橋が崩落する。

雨宮は走ろうとするが、漣婦人が足をもつれさせる。そんな彼女の手を、雨宮は放した。

「すいません！」

倒れそうな彼女を支え、豊洲の方へ突き飛ばす。

「あっ……」

彼女はよろめきながらも対岸へと辿り着くが、雨宮は間に合わなかった。崩落に巻き込まれ、瓦礫《がれき》と共に運河へと真っ逆さまに落ちる。漣婦人の悲鳴が聞こえた気がしたが、すぐに轟音《ごうおん》に掻《か》き消されてしまった。

そんな中、雨宮は浅葱のことを思い出していた。

彼はこれで、行くべき場所に行けるだろうか。自分が死んだら、彼の行く先に行けるだろうか、と。

しかし、雨宮の身体はぴたりと止まった。

白い腕が、彼の手をしっかりと摑んでいた。

「志朗《しろう》さん……」

「浅葱……!」

雨宮を支えていたのは、浅葱だった。彼は淡い光に包まれながら、運河の上に浮いていた。そして、彼に手を取られた雨宮も。

周囲の全《すべ》てが止まっていた。崩れ落ちる橋も、運河の中に落ちる瓦礫も。

浅葱の声だけが、雨宮の耳に確かに届く。

「志朗さん、有り難う」

浅葱は微笑《ほほえ》んでいた。見たことがない、穏やかな笑みだった。

「あなたのお陰で、私はあるべき場所へと行けます」

「そうか……。よかった」

よかった。

その言葉は、心から出たものだった。

浅葱の憂《うれ》いすら帯びた表情の向こうが見えたことは、雨宮にとって何よりも得難いものだった。

きっと、自分は浅葱の穏やかな顔が見たかったのだ。雨宮の中にあった思いの全てが、報《むく》われたような気がした。

しかし、心残りは一つだけあった。

「浅葱、一つ頼みがある」

「なんでしょう？」

「俺がそっちに逝《ゆ》く時は、迎えて欲しい」

雨宮の願いを聞いた浅葱は、桜貝のような色の唇に笑みを添えて頷《うなず》く。

「ええ。お待ちしています。あなたのために、お茶を淹《い》れましょう」

浅葱の身体を包んでいた光は、やがて、彼を塗り潰《つぶ》すほどに眩《まぶ》しくなる。目がくらみながらも、雨宮は叫んだ。

「浅葱、礼を言うのはこちらの方だ！　有り難う、助けてくれて！」

浅葱がいたからこそ、前に進むことが出来た。そして、浅葱がいたからこそ、悪夢から抜け出すことが出来た。

浮遊感と光に包まれた雨宮は、気付いた時には、豊洲にいた。漣婦人が雨宮の名を叫びながら駆け寄り、日向や一ノ瀬もやって来た。

「良かった、皆さんが無事で……」

「それはこっちの台詞《せりふ》ですよ！」

日向は、雨宮のことを小突く。

避難した人々を掻き分けて、徳井と彩子もやって来た。彩子は、大人しそうな少年と一緒だった。

「彼は、もしかして……」

「私が話していた、岸部《きしべ》君です」

彩子は、隣の少年を誇らしげに紹介した。岸部は気恥ずかしそうに、「どうも……」と頭を下げる。

「高校の皆を避難させる時、岸部君が手伝ってくれたんです」

「僕、神谷《かみや》さんに近づいたら、神谷さんもひどい目に遭《あ》わせるって言われていて……。でも、必死になって皆を避難させようとしている神谷さんを見ていたら、居ても立ってもいられなくなって……。神谷さんがひどい目に遭わされそうになったら、僕が助ければいいと思って……」

まごまごしている岸部に、「立派な心掛けじゃないか」と雨宮は感心する。

「でも、避難する途中、何度も神谷さんに助けて貰ったんですけどね」

「そこはお互い様。いざという時に助けて貰うし」

気まずそうな岸部の背中を、彩子はポンと叩く。

「こちらも、三丁目一帯のマンションの住民達は避難が出来たようだ。マンションで防災訓練をやっていたけれど、まさかこんなところで役に立つとはね」

徳井は、マンションごとに集まって点呼をしている住民達を見やる。狼狽《うろた》えている人は多かったが、怪我《けが》をしている人は見当たらなかったので、雨宮は安堵《あんど》した。

「それにしても、雨宮さんが無事でよかった……。連絡がつかなくなった時は、どうしようかと……！」

一ノ瀬はしゃくりあげながら言った。どうやら雨宮は、丸一日半座敷牢にいたらしい。

空を見上げると、すっかり夕方になっていた。東の空から、夜がやって来るところだ。

その時である。

ドォン、と鼓膜を揺るがすほどの轟音と、運河を波立たせる震動が周囲を襲ったのは。

雨宮はよろめきながらも、綿津岬を振り返る。

すると、綿津岬の台地が罅割れ、ビルが薙《な》ぎ倒され、コンクリートが運河にボロボロと崩れ落ちる。

大量の粉塵《ふんじん》を巻き起こしながら、卵の中から顔を出す稚魚のように、マレビトが姿を現した。

「な、なんだ、あれ……」

「化け物だ……！」

避難していた人達は口々に叫ぶ。携帯端末を向ける者もいた。

無理もない。自分達が住んでいた土地から、真っ白な肉の塊のような、巨大な胎《たい》児《じ》が顔を出したのだから。

胎児は、オアァァァと一声哭《な》いた。産声《うぶごえ》のようでいて、遠吠《とおぼ》えのようなそれに、不思議と恐怖はなく、どういうわけか懐かしさすら感じた。

「あれが、マレビトか……」

紛れもなく、雨宮が海中で見たものだった。

しかし、今はもう、眠っていない。

マレビトは目をしっかりと見開き、大きな瞳をぎょろりと雨宮へ向ける。マレビトと目が合ってしまった雨宮だが、何故か、嫌悪感はなかった。

マレビトの瞳は、解き放たれた浅葱と同じく穏やかであった。解放された喜びと、雨宮への感謝と、ほんの一握りの名残《なごり》惜しさを湛《たた》えているようだった。

「浅葱……！」

雨宮は身を乗り出す。その瞬間、崩壊した綿津岬の欠片から、一斉に青白い光が飛び立った。

それは、アサギマダラだった。ぼんやりとした光に包まれ、マレビトを覆《おお》い隠すように羽ばたいていた。

人々は携帯端末を構えていたが、誰も操作をしようとしなかった。いや、操作をするのを忘れ、無数のアサギマダラに見入っていた。

「あれは……、呪縛《じゅばく》から解放された人達なのね」

漣婦人は、涙を流しながら手を合わせていた。

海神神社に行くしかなかった、呪いに蝕まれていた人達の魂なのだろうか。大量のアサギマダラを先導するように、一匹のアサギマダラが優雅に飛んでいたが、もしかしたらそれは、ミチルの魂なのかもしれない。

せめて彼らが行くべき場所へ行けるよう、雨宮達は手を合わせて祈る。マレビトは悪夢にも実体を与えてしまうが、祈りにもまた、力を与えることが出来るのだから。

無数のアサギマダラは、マレビトと共に真《ま》っ直《す》ぐ海を目指す。

豊洲の街には夜の帳《とばり》が下り、街灯《がいとう》が闇を照らし始める。緊急車両がサイレンを鳴らしながらやって来たり、豊洲の人々がわらわらと集まって来たりしたが、綿津岬からやって来た雨宮達は、ただ、運河の向こうの海を眺めていた。

アサギマダラとマレビトが見えなくなっても、海の方角はぼんやりと輝いて見えた。

彼らはニライカナイへの旅を始めたのだなと、雨宮は思う。

頬を撫でる海風には、あの独特の死臭はない。澄み渡った、優しい香りがした。


その後、綿津岬の崩壊はしばらくの間、ニュースで取り上げられていた。

崩壊の原因は、東京湾澪浚《みおさらい》の工事に不備があったのではないかとか、責任の所在は何処《どこ》かと騒然としていたが、元綿津岬の住民達は、誰一人としてマレビトのことを口にしなかった。

自分達が見たものが信じられなかったのか、心にしまっておきたかったのかは分からない。だが、彼らは口を揃えて、「私達は蜃気楼《しんきろう》の中に住んでいたのだ」と答えた。

幸い、行方不明者も死者も出なかった。

しかし、それは飽くまでも、行政上の話だった。

綿津岬と共に消えた人々は、とうの昔に死亡届が出ていたという。恐らく、マレビトの呪いによって長寿になっていることを知られたくなかったのだろう。

一年も経《た》つと、綿津岬について触れる人はほとんどいなくなった。

世間からも忘れられ、綿津岬があった場所は、最初から何もなかったかのように、船が往来するようになっていた。

しかし、霧の濃い日は、時折、霧の向こうに街が見えるのだという。

だが、船で近づけばあっという間に消えてしまうのだという噂《うわさ》が、まことしやかに囁かれるようになったのであった。

エピローグ　ニライカナイのそばで

東京湾は絡《から》み付くような磯のにおいがするのだが、目の前のエメラルドグリーンの海は爽《さわ》やかな潮風しか感じなかった。

「うわーっ、流石《さすが》は沖縄！　海が澄んでますね！」

真っ白な砂浜に出るなり、一ノ瀬《いちのせ》はビーチサンダルで走りながら言った。

「本当に綺麗《きれい》だなぁ。あっ、ヤドカリがいますよ！　ヤドカリが！」

日向《ひゅうが》もまた、砂浜でヤドカリを見つけてははしゃぐ。そんな様子を、雨宮《あまみや》はぼんやりと眺めていた。

「雨宮さん、テンション低くないですか？　折角沖縄に来てるのに」

「海は飛行機から見えたので……」

口を尖《とが》らせる一ノ瀬に、雨宮は平常心のまま返した。

「飛行機から見て満足なんですか？　無欲過ぎません？」

一ノ瀬は目を丸くする。

そんな雨宮に、日向がヤドカリを捕《つか》まえて持って来た。

「ほらほら、ヤドカリですよ！　テンション上がるでしょう？」

「ヤドカリに迷惑なので、元いた場所に戻して下さい」

やんわりと怒られた日向は、「はい……」と肩を落としながら、すごすごと引き下がった。

朝早いためか、砂浜に人は少なかった。若者数人が、砂浜に座って談笑していたり、地元民と思《おぼ》しき人が犬を連れて散歩をしていたりするくらいだ。

海は鮮やかなエメラルドグリーンで、底の珊瑚《さんご》まで透けて見えた。足元に転がる珊瑚の欠片《かけら》を拾い上げ、他の珊瑚の欠片にぶつけてみると、チリンと澄んだ音がした。

砂浜のすぐそばには橋が架かり、その向こうには港が見える。ガントリークレーンが並び、貨物船がやって来るところだった。

「うーん。あれもある意味、ニライカナイからの贈り物ですかね」

「まあ、海の向こうですからね」

本土から来た船なのか、海外から来た船なのか分からないが、海の向こうから恵みを運んで来ていることは間違いない。とはいえ、本土も海外も死者が向かう場所ではないが。

足元には、珊瑚の欠片だけではなく、本土では見ることが出来ない貝殻が転がっていた。そのうちの一つを、一ノ瀬が拾い上げる。

「これって、タカラガイっていうんですよね。沖縄だと、こんな風に落ちているなんて」

磨かれたような表面の、美しい貝だった。一ノ瀬は他にも、珍しくて美しい貝殻を拾い集めていた。

「そういうものを見ていると、ニライカナイを信じたくなる気持ちも分かりますね」

雨宮はふと、海岸にせり出した岸壁を見やる。

その上には、朱色の社殿《しゃでん》が鎮座《ちんざ》していた。ニライカナイ信仰のもとで建てられた、波上宮《なみのうえぐう》という神社だ。

岸壁はずいぶんと浸食されているので、昔はそこまで海だったのかもしれない。そんな場所だからこそ、昔の人々はそこでニライカナイの存在を感じ、神さまを祀《まつ》ったのだろう。

「いい記事、書けそうですかね？」

日向の問いに、「ええ」と雨宮は頷《うなず》く。

「雨宮さん、すっかり日向さんが勤めている出版社のお抱えのライターさんですもんね。この前の記事も、とても面白かったですよ」

微笑《ほほえ》む一ノ瀬であったが、突如として、日向がその足元に這《は》いつくばった。

「弊社の刊行物をご購入頂きまして、有り難う御座いますぅぅ！」

「ぎゃっ！　やめて下さいよ。汚れちゃいますから！」

砂浜にじょりじょりと額《ひたい》を擦《こす》りつける日向を、一ノ瀬は何とか起こす。

「言ってくれれば献本をしたのに」

雨宮の言葉に、「いいんです」と一ノ瀬は言った。

「勉強の一環なので、お金を出させて下さいよ」

「でも、一ノ瀬さんは……」

綿津岬の住まいがなくなってしまった一ノ瀬は、豊洲駅からかなり離れた古いアパートを何とか探し出し、バイトをしながらも何とか大学に通っている。今は、学芸員になるために勉強中だそうだ。

「まあ、相変わらず爪に火を点《とも》すような生活ですけど、こうしてほら、沖縄旅行の資金も捻出《ねんしゅつ》出来ましたし」

一ノ瀬は力こぶを作ってみせる。今は肉体労働のバイトもしているようで、やけに筋肉がついていた。

そんな健気《けなげ》な彼女に、日向は全身に付いた砂を払いながら涙する。

「一ノ瀬さんには、沖縄のマンゴーを奢《おご》ってあげるからね……」

「えっ、いいんですか?」

一ノ瀬の目が輝く。

「勿論《もちろん》。沖縄のマンゴーはジューシーでとろとろで甘いんだよ……」

日向は、蕩《とろ》けてしまいそうな顔で沖縄のマンゴーを語る。

「初めて食べた時は衝撃的でね。それまで、マンゴーは普通だったんだけど、一気に好きになっちゃってさ。というか、無限に食べられると思ったし、東京に帰ってからはマンゴーが切れて手が震えたものさ……」

「なんですかそれ、こわい……」

一ノ瀬は、怯《おび》えた目で雨宮の後ろに隠れた。

「日向さん。一ノ瀬さんに危険な薬物を勧めないで下さい」

「マンゴーだから！　安全だけどちょっと中毒性があるマンゴーだから！」

日向の必死な弁解を受け流していた雨宮だったが、ふと、目の前を過《よぎ》るものがあった。

「あっ……」

青白い翅《はね》の、美しい模様の蝶々《ちょうちょう》だ。

「アサギマダラだ……」

日向と一ノ瀬も、蝶々に注目する。

蝶々は三人の周りでひらひらと踊ったかと思うと、海風に乗るように、水平線の向こうへと飛んで行った。

「そうか。ここまで辿《たど》り着けたんだな、浅葱」

アサギマダラの姿が見えなくなるまで、三人はその背中を見守っていた。

エメラルドグリーンの海面は朝日でキラキラと輝き、アサギマダラの軌跡を穏やかに照らしていたのであった。

〈了〉

初出
第七話　綿津岬の裏側へ　月刊文庫『文蔵』二〇二一年三月号
第八話　シーグラスの憂鬱　月刊文庫『文蔵』二〇二一年四月号
第九話　牛尾家の長女　月刊文庫『文蔵』二〇二一年五月号
第十話　マレビトの秘密　書き下ろし
第十一話　マレビトの呪い　書き下ろし
第十二話　来訪神の帰還　書き下ろし
エピローグ　ニライカナイのそばで　書き下ろし

著者紹介
蒼月海里（あおつき　かいり）
宮城県仙台市生まれ。日本大学理工学部卒業。元書店員で、小説家兼シナリオ・ライター。
著書に、「幽落町おばけ駄菓子屋」「幻想古書店で珈琲を」「深海カフェ 海底二万哩」「地底アパート」「華舞鬼町おばけ写真館」「夜と会う。」「水晶庭園の少年たち」「稲荷書店きつね堂」「咎人の刻印」「モノノケ杜の百鬼夜行」などの各シリーズ、『もしもパワハラ上司がドラゴンにさらわれたら』『水上博物館アケローンの夜』『ルーカス魔法塾池袋校 入塾者募集中！』『怪談喫茶ニライカナイ』などがある。

ＰＨＰ文芸文庫　怪談喫茶ニライカナイ
蝶化身が還る場所

2021年7月21日　第1版第1刷

著　者　蒼　月　海　里
発行者　後　藤　淳　一
発行所　株式会社ＰＨＰ研究所
東京本部　〒135-8137 江東区豊洲5-6-52
第三制作部　☎03-3520-9620（編集）
普及部　☎03-3520-9630（販売）
京都本部　〒601-8411 京都市南区西九条北ノ内町11
PHP INTERFACE　https://www.php.co.jp/
組　版　朝日メディアインターナショナル株式会社
印刷所　図書印刷株式会社
製本所　東京美術紙工協業組合

ISBN978-4-569-90140-4

PHP文芸文庫

怪談喫茶ニライカナイ

蒼月海里 著

「貴方の怪異、頂戴しました」——。怪談を集める不思議な店主がいる喫茶店の秘密とは。東京の臨海都市にまつわる謎を巡る傑作ホラー。

PHP文芸文庫

夜廻《よまわり》

日本一ソフトウェア原作／保坂 歩 著

溝上侑 イラスト

消えた愛犬ポロを探すため、姉妹は怪がうごめく夜の町へと足を踏み入れるが……？ 大人気ホラーゲームの公式ノベライズ、ついに文庫化！

PHP文芸文庫

一行怪談

吉田悠軌 著

「公園に垂れ下がる色とりどりの鯉のぼりに、一つだけ人間が混じっている。」一行のみで綴られる、奇妙で恐ろしい珠玉の怪談小説集。

PHP文芸文庫

第7回京都本大賞受賞の人気シリーズ

京都府警あやかし課の事件簿1~5

天花寺さやか 著

人外を取り締まる警察組織、あやかし課。新人女性隊員・大にはある重大な秘密があって……？　不思議な縁が織りなす京都あやかしロマンシリーズ。